涼宮春日的
谷川流

我對普通的人類沒有興趣。
你們之中要是有
外星人、
未來人、
異世界的人、

……………
……
？
超能力者，
就儘管來找我吧！
以上。

來嘛來嘛，
快點變身為兔女郎吧！

不要啦～！
快住手呀～!!
——長門若無其事地看著書。對她而言，這個世界在某種意義上是和平的。

那個散發著藍色的光芒　的「東西」正在破壞校園。

喂，阿虛。
那個巨人是什麼啊？

啊！
涼宮春日的憂鬱
谷川流&いとうのいぢ
開始囉！

涼宮春日的憂鬱

谷川流

涼宮春日的憂鬱

CONTENTS

封面、內文插畫／いとうのいぢ

序曲

老實說，要到幾歲才開始不相信聖誕老人的存在……這類無聊的話題對我而言，根本不痛不癢的。不過，講到我從幾歲起開始不相信聖誕老人就是那個穿著紅衣服的老公公時，我能確定地說，我根本打從一開始就不相信。

我知道幼稚園聖誕節慶祝會時出現的聖誕老人是假的，回溯記憶，還能記起周圍的幼稚園小朋友都一臉不信任地望著假扮聖誕老人的園長老師。

即使沒有撞見老媽正在親吻聖誕老公公，機靈的我也老早就懷疑只在聖誕節工作的老爺爺是否真的存在了。不過，我卻是過了很久以後，才發現外星人、幽靈、妖怪、超能力者以及運用特效拍成的動畫裡頭，那些與邪惡組織戰鬥的英雄們並不存在這世上。

不，說不定我早就發現了，只不過一直不想承認而已。因為，在我的內心深處，是十分渴望那些外星人、幽靈、妖怪、超能力者以及邪惡組織突然出現在眼前的。

和我生活的這個普通世界相比，運用特效拍成的動畫裡頭所描繪的世界，反而更有魅力。

我也想活在那種世界裡！

我真的好想拯救被外星人綁架並關在透明的大型豌豆夾裡頭的少女；也想拿著雷射槍運用

智慧與勇氣擊退企圖改寫歷史的未來人；或者光用一句咒語就收拾了惡靈跟妖怪，再不然就是和秘密組織的超能力者進行超能力的戰鬥！

等等，冷靜一下，假設我被外星人等等（以下略）那類的生物襲擊，沒有任何特殊能力的我怎麼可能和他們對抗？於是，我便如是幻想——

某天，班上突然轉來一個謎樣的轉學生，他其實是個外星人或未來人那類的生物，並擁有未知的能力，後來他跟壞人戰鬥，而我只要設法讓自己被捲進那場戰爭就好了。主要戰鬥的人是他，而我則是追隨他的小跟班。啊啊，實在太棒了，我真是聰明啊！

要不然就是這樣。某天，我那不可思議的力量突然覺醒，就像隔空取物或精神念力之類的。而且地球上其實還有很多擁有超能力的人類存在，自然也會有一個組織專門收容這些人。不久之後，善良的組織便派人來迎接我，而我也成為組織的一員，共同對抗企圖征服世界的邪惡超能力者。

不過，現實卻是意外地殘酷。

現實的生活中，並沒有半個轉學生轉來我班上；我也沒看過ＵＦＯ；就算去了地方上常出現幽靈或妖怪的靈異地點，也連個鬼影都沒有；花了兩小時盯著桌上的鉛筆，它卻連一微米都沒移動；上課時死盯著前座同學的頭，卻怎麼樣也無法讀出他在想什麼。

我就這樣邊驚嘆世界物理法則經常出現的現象，邊不停自嘲，不知從何時起，我就開始不看電視上的ＵＦＯ特別節目或靈異節目了。因為不可能會有那種東西……不過後來我也成長到僅對那方面的事情存有一絲留戀的程度。

國中畢業之後，我便從那孩提時代的夢想畢業，逐漸習慣這個世界的平凡。而讓我還有一縷期待的一九九九年也沒有發生什麼事。進入二十一世紀後，人類依舊無法邁出月球到其他星球去。看這情況，在我還活著的時候，想從地球當天往返阿爾法人馬座（Alpha Centauri）似乎是不太可能的。

我腦海中時而幻想著這些事，終於也沒啥感慨地成為了高中生——直到遇到了涼宮春日。

第一章

之後，我就這麼糊里糊塗地進入學區內的縣立高中就讀。起初我還很後悔，因為這座學校位在很高的山上，就算是春天也要揮汗如雨地爬上直竄山頂的坡道，想輕鬆健行的那份悠閒早已消失無蹤。一想到今後三年每天一大早都得這樣爬山，我的心情就陰鬱無比。或許是早上差點睡過頭的關係，走路的速度自然加快許多。雖然也曾想過以後乾脆早十分鐘起床，慢慢走去上學就不會這麼累，不過一想到臨起床前的那十分鐘睡眠是多麼的寶貴，我隨即放棄了這個念頭。所以，我相信未來的三年還是得持續這個晨間的運動。一想到這裡，心情就更沈重了。

就因為這樣，當學校浪費時間在體育館舉行入學典禮時，只有我一個人頂著一張苦瓜臉，完全不像其他人一樣邊想像著即將展開的充滿希望和不安的新生活，邊露出新生特有的複雜表情。因為學校裡有許多之前就讀同所國中的學生，裡頭又有幾個我的好朋友，所以我並不擔心沒有人作伴。

男生穿學生西服、女生穿水手服，好怪喔！說不定現在正在台上不停發出催眠音波的校長，是個對水手服有莫名狂熱的人呢！就在我胡思亂想的同時，八股且無聊的入學典禮終於結束，我跟著那些即使不願意，但未來仍須跟我相處一整年的同班同學們，陸陸續續走進被分配到的一年五班教室。

那位名叫岡部的年輕導師一走上講台，便用似乎在鏡子前面已經練習了快一個小時的明亮快活笑臉，對我們自我介紹。他先從自己是體育老師，又是手球社顧問的事情講起，然後提到他大學時代曾活躍於手球社並在聯賽上表現優異獲得優勝，以及在這所高中手球社員稀少的情況下，只要一入社就等於正式選手，最後又說手球其實是世上最有趣的球類運動等等。就在我覺得他永遠都講不完時，

「接下來就請大家自我介紹吧！」

他突然冒出這句話。

因為這樣的發展很常見，再加上我早有心理準備，所以並不覺得驚訝。

先從依座號男女交叉排好的左手邊一個接一個站起來，再報上自己的名字、畢業自哪個國中，以及其他的事（例如興趣或喜歡的食物等等）。有的人講得含糊不清，有的表現得相當不錯，有的只是講些冷笑話讓教室裡的溫度剎時降了好幾度。後來，漸漸接近我的座號了，真是緊張的時刻啊！大家應該了解我的感受吧？

將腦中構思的最低限度台詞流利地講完後，被一股終於結束了的解放感包圍的我重新坐回位子上。緊接著，我身後那傢伙站了起來——啊啊，相信我一生都不會忘記這件事——她說出了

接下來這番引起莫大騷動的話。

「我畢業於東國中，叫做涼宮春日。」

直到目前為止還很正常。因為轉頭看她實在太麻煩了，所以我乾脆看向正前方，聽著她用清亮的嗓音自我介紹。

「我對普通的人類沒有興趣。你們之中要是有外星人、未來人、異世界的人、超能力者，就儘管來找我吧！以上。」

聽完後，我忍不住轉過頭去。

她那頭又長又直的黑髮上戴著髮圈，一張端整的臉此刻正傲然地接受全班同學的注視，看起來意志力強韌的黑亮大眼被長得嚇人的睫毛包圍，淡桃紅色的嘴唇正緊緊抿著，她就是這樣的女孩。

我還記得春日白皙的喉嚨是那樣的耀眼，是個不折不扣的美人。

春日以十足挑釁的眼神緩緩巡視室內一週，最後瞪了嘴巴大開的我片刻後，便笑也不笑地坐了下來。

剛剛那是噱頭嗎？

相信所有人此刻腦海中都充滿了問號，猶豫著該怎麼反應才好吧？「這時該笑嗎？」沒有人知道。

就結果而言，這既不是噱頭，也沒有任何笑點。因為涼宮春日不論何時何地都是一臉不苟言笑的樣子。

她總是非常嚴肅。

這是日後有了親身體驗的我說的，所以絕對不會錯。

沈默的妖精在教室裡飛舞了近三十秒後，體育老師岡部便有些猶豫地指名下一位同學，剛才一度僵硬的空氣好不容易才恢復正常。

這就是我們的相遇。

真令人難以忘懷，我真的很想相信那只是偶然。

在涼宮春日如此在一瞬間抓住全班同學的心後，從隔天開始卻扮演起一個乍看之下完全無害的乖巧女高中生。

這是暴風雨前的寧靜！此刻的我深刻體驗到這句話的意思。

不對，會來這所高中就讀的大部分是原本就唸市內四所國中的學生（成績普通的人），既然東國中也包括在內，所以應該也有跟涼宮同一所國中畢業的人，他們應該知道這傢伙目前的蟄伏狀態蘊含著什麼前兆。不過，不巧我並不認識任何東中的人，所以班上並沒有人可以告訴我現在情況如何。在那個勁爆的自我介紹後又過了幾天，我永遠都不會忘記，在一早的班會開始前，我竟然蠢到去跟涼宮春日講話。

倒楣骨牌開始倒下，而推倒第一塊骨牌的兇手就是我自己！

因為，涼宮春日只有沈默地坐在位子上時，才算得上是個美少女高中生。原本想說坐在她正前方，剛好可以來個近水樓台先得月，不過這樣盤算的我實在太天真了，快來人教訓一下突然鬼迷心竅的我吧！

對話當然從那件事開始。

「喂喂，」

我若無其事地轉過頭來，臉上掛著一抹輕鬆的笑容：

「妳在一開始自我介紹時說的那些，是認真的嗎？」

雙手交叉在胸前、嘴巴緊抿著的涼宮春日維持著同樣的姿勢，然後直視著我的眼睛。

「什麼叫做自我介紹說的那些？」

「就是外星人那些啊！」

「你是外星人嗎？」

她一臉正經的模樣。

「……不是。」

「既然不是，那要幹嘛？」

「……不，沒幹嘛。」

「那就不要跟我講話，那只會浪費我的時間。」

她的視線冷到讓我不禁脫口說出「對不起」。然後，涼宮春日便不屑理我似地別開視線，開始瞪著黑板附近看。

原本想回嘴的我，卻怎麼樣也想不出什麼適當的字眼，幸好岡部導師在此時走進教室拯救了我。

在我有如喪家之犬般地轉回頭後，發現班上有好幾個人正興趣濃厚地望著我，讓我相當不爽。和他們視線相對後，看到他們一副要笑不笑的表情，還同情似地朝我點點頭。

當時我覺得超不爽的，不過後來才明白那些人全部都是東中畢業的。

既然我跟涼宮的第一次接觸以慘敗收場，看來我還是跟她保持距離以策安全的好！於是，我就抱持這個想法過了一個禮拜。

但，像我這樣因為不了解又不長眼的傢伙依然存在。還是有班上同學會去跟總是不悅地皺著眉頭、嘴巴緊抿到有些下垂的涼宮說話。

那些人大部分都是些雞婆的女孩子，一發現有女同學漸漸被班上的同學孤立，她們就想充當好人去調解這種狀況。或許她們那麼做是出於好意，不過也該看看對象是誰啊！

「對了，妳有沒有看昨天的連續劇？九點開始播的那齣。」

「沒有。」

「咦？為什麼？」

「我不知道。」

「妳就先看一次嘛，就算從中間看也不會看不懂的。對了，要不然我跟妳大概講一下之前的劇情好了？」

「吵死了！」

大概就是這種感覺。

如果她只是面無表情地回答那還好，正因她的表情和聲音都透露出強烈的不耐煩，才讓說話者覺得自己是不是做錯什麼事般困窘。最後說話者就只能以「嗯……這樣啊，那我就……」這類字眼作結尾，然後沮喪地自問「我到底說錯了什麼？」後黯然離去。

放心，妳並沒有說錯什麼。奇怪的是涼宮春日的腦袋，不是妳。

雖然我並不討厭一個人吃飯，不過當大家都圍著桌子開心地聊天吃飯時，我卻一個人孤零零地吃著飯，其他人一定會覺得我被排擠。所以儘管不是因為怕被誤會，一到午餐時間，我還是和國中時比較好的國木田同學，以及剛好坐在附近、東中畢業的谷口一起吃飯。

我們就是從那時開始聊起涼宮春日的。

「你前陣子不是跟涼宮說話嗎？」

谷口若無其事地說著。嗯，我點了點頭。

「她一定說了一些很奇怪的話，讓你接不下去吧？」

沒錯！

谷口將水煮蛋切片放進嘴裡，邊嚼邊說：

「如果那傢伙對你有意思，就不會說那些奇怪的話了，勸你還是放棄吧！你應該知道涼宮是一個怪人才對。」

我跟她國中同班三年，所以相當清楚。他以這句話做為開場白繼續說道：

「她常常做一些超乎常理的事。原以為她上了高中後會收斂一點，沒想到完全沒變。你不是有聽到她的自我介紹嗎？」

「你是說那個外星人之類的東西嗎？」

小心翼翼將烤魚的刺挑出來的國木田插嘴道：

「沒錯，她在國中也常說一些奇怪的話，做一些讓大家摸不著頭緒的事。就像那件有名的校園塗鴉事件！」

「什麼事？」

「不是有種用石灰畫白線的器具嗎？突然忘了那叫什麼。算了，總之她用那個東西在學校裡畫了很大很大的古代圖案，而且還是半夜溜進學校畫的喔！」

或許是想起那時的事，谷口嘴角掛著壞壞的笑容。

「真是太驚人了！一早到學校去，就發現操場上被人畫了巨大的圓圈跟三角形。因為近距離看不出畫的是什麼，所以就跑到學校的四樓看，結果還是看不懂她畫的是什麼。」

「啊，我記得好像有看過那個。報紙的地方新聞版不是有登嗎？而且還是鳥瞰照片喔！看起來就像畫壞了的納斯卡（Nazca）地上畫一樣。」

國木田說道。不過，我卻一點印象也沒有。

「我看過，我看過。標題好像就是國中校園裡的謎樣惡作劇圖案。對了，你們知道做出這種白癡事件的兇手是誰嗎……？」

「犯人該不會就是她吧？」

「是本人親口說的，所以我想應該錯不了。當然啦，她好像被校長叫到辦公室，所有老師都責問她為什麼做那種事。」

「那她到底為什麼做那種事？」

「不知道。」

回答得十分乾脆的谷口鼓著雙頰嚼著白飯。

「聽說她打死也不說。不過，被涼宮那雙可怕的眼睛一瞪，相信他們也拿她沒輒。有人說她畫那東西是為了呼叫ＵＦＯ，也有人說那是召喚惡魔的魔法陣，或是她企圖開啟通往異世界的大門等等。雖然傳言很多，不過如果本人堅持不說，大家根本無法了解真相。直到現在仍然是個謎。」

我的腦海裡浮現了涼宮獨自在校園裡畫著白線的認真表情。她一定事先將喀拉喀拉作響的畫線器和堆積如山的石灰袋從體育倉庫搬出來藏好，說不定還帶了手電筒去呢！在昏暗的燈光照明下，涼宮春日的臉瀰漫著一股悲壯感。不過，一切都是我自己的想像。

說不定涼宮春日真的是為了召喚ＵＦＯ或是惡魔，甚至是開啟通往異世界的大門才做那種事的。或許她一整晚都在國中的操場上努力著，然而卻什麼東西都沒出現，最後搞得自己很灰心。我毫無根據地想著。

「她還做了很多不可思議的事喔！」

谷口繼續解決著便當裡的午餐。

「一早到教室去卻發現所有的桌子都被搬到走廊上，或在學校的屋頂用油漆畫星星的圖案，要不然就是在學校到處張貼奇怪的紙符，就是那種貼在殭屍額頭上的那種符。真搞不懂她在幹嘛。」

對了，涼宮春日現在並不在教室裡。如果她在的話，我們就不會講這種話了。不過就算她在，相信她聽了也不會在意吧！涼宮春日通常第四節一結束就會馬上走出教室，一直到第五節快開始前才會回來。看她手上沒拿便當，所以應該是到食堂吃飯去了。不過，吃飯也用不著花一個小時啊！而且，幾乎每節下課都看不到她人影，她到底是跑去哪裡遊蕩啦？

「不過啊，她真的很受男生歡迎喔！」

谷口又接著說：

「畢竟她長得很正。而且運動萬能、成績又好，雖然人挺奇怪的，不過只要閉上嘴，看起來還是不錯的。」

「你又知道什麼小道消息了？」

開口詢問的國木田，飯都還沒吃到谷口的一半。

「有一段時間她不停地換男朋友。據我所知，交往最長的是一個禮拜，最短的是告白成功後五分鐘就被甩了。而且毫無例外的是，那些男生被涼宮甩了的理由都是『我沒時間跟普通人交往』。」

相信谷口也被她講過這句話。發現我在注視他後，谷口顯得有些慌亂。

「我是聽別人說的，真的。不知道為什麼，只要有人告白她都會接受。雖然國三後，大家都知道這件事就沒人想再跟涼宮交往了，不過我覺得唸了高中之後，一定又會出現同樣的情況。所以啊，想說在你對她產生異樣的情感前先警告你。別妄想了！這是曾跟她同班過的我給你的忠告。」

隨便你怎麼說，反正我對她也沒那個意思。

將吃完的便當收進書包的谷口，不懷好意地笑了一下。

「如果要我選的話，我倒覺得她不錯喔，朝倉涼子。」

谷口用下巴指了指現在正圍著桌子談笑的一群女孩子。位在正中央、一臉燦爛笑容的就是朝倉涼子。

「依照我的判斷，她一定排得進一年級前三大美女的行列。」

一年級的所有女生你都看過啦？

「我把女生分成A至D四個等級，只有A級的女生我才記得她的全名。一生只有一次高中生活，我一定要開開心心地過。」

「那朝倉是A等級的囉？」國木田問道。

「她可是AA+。我只要看臉就知道了，她的個性一定好得沒話說。」

儘管不把谷口自以為是的發言當一回事，但朝倉涼子確實是不同於涼宮春日的另一種美女。

首先，她真的是個大美人，時時散發著微笑般的溫柔氣息。第二就是，她的個性似乎真如谷口所說的一樣好。這陣子幾乎沒人敢再跟涼宮說話了，除了朝倉。不管涼宮口氣再怎麼不好，朝倉還是不以為意地找她談話，熱心的程度簡直跟班長沒兩樣。第三就是，從上課時的回答就可以知道她的頭腦不錯。她總能正確回答出老師問的問題，在老師眼裡她應該算是個相當難得的學生。第四，她也很受女生歡迎。雖然新學期才開始一個禮拜，她卻已迅速成為班上女生的中心人物。她真是從天上掉下來極度吸引人的女孩子啊！

和總是皺著眉頭、腦中裝滿了科幻情節的涼宮春日比起來，女朋友的最佳人選當然還是朝倉涼子了。不過話說回來，這兩個對谷口而言同樣都是高嶺之花，根本不可高攀吧！

現在還是四月。在這個時期，涼宮還非常地安分，也就是對我來說還算悠閒的一個月。距離春日開始出現脫軌行徑還有近一個月的時間。

不過，這陣子已經或多或少出現能瞧出春日奇特行為的徵兆了。

為什麼我會這麼說呢？線索一。

她每天都會變換髮型。而且，我就在看著看著當中，也從中找出了某種規則。禮拜一，春日會沒啥特別地披散著長長的直髮來上學。隔天，她就會紮著一條漂亮的馬尾出現，雖不願意承認，不過那樣的造型真適合她。然後再隔一天則左右各綁一條馬尾，再隔兩天則變成三條辮子。然後到了禮拜五，她便在頭上四個地方整齊地綁上緞帶。她這種舉動真的挺奇妙的！

禮拜一＝0，禮拜二＝1，禮拜三＝2……。

隨著星期單位的增加，綁頭髮的數量也跟著增加。然後到了禮拜一又從頭輪一次。實在搞不懂她為什麼要這麼做，若遵循這個法則，最後頭上應該綁成六條馬尾才對。突然很想看春日禮拜天到底是什麼樣的髮型。

線索二。

因為體育課是男女分開上，所以都是五班六班合併上課。換衣服的時候，女生集中在奇數班級，男生則在偶數班級。所以當上一節課結束後，五班的男生自然就會為了換衣服移動到六班的教室。

可是，春日完全不管班上的男生是否還在場，就自顧自地脫掉水手服。

簡直就像在場的男生都是南瓜或馬鈴薯一樣，她面無表情地將脫下來的水手服扔在桌上，然後開始換體育服。

這時，包含我在內的這些當場看傻了眼的男生，就會被朝倉涼子趕出教室。

後來，以朝倉涼子為首的其他女同學似乎還因此勸過春日，不過卻一點效果也沒有。春日依舊不顧班上同學的眼光，旁若無人地換著衣服。因此，我們這群男生便被告知只要體育課前一堂的下課鐘聲一響，就必須立刻離開教室——其實是朝倉涼子要求的。

不過說真的，春日的身材實在很不賴呢……啊，現在不是講這種事的時候！

線索三。

基本上每節下課都不在座位上的春日，一到放學時間就立刻拿了書包衝出教室。原本以為她會立刻回家，沒想到她卻跑去參加校內所有的社團。昨天還看她在籃球社運球，今天卻發現她出現在手藝社縫枕頭套，然後明天又看到她在曲棍球社揮著球棍。另外，她好像也有加入棒球社，所以校內運動社團她算是全都參加過了。當然，所有的運動社團都熱情地邀她入社，不過她全都拒絕了，因為每天參加同一個社團的活動讓她很厭煩，所以到最後她並沒有加入任何一個社團。

這傢伙到底想幹嘛啊？

因為這件事，「今年一年級有個奇怪的女生」這樣的傳聞便瞬間傳遍了整個校園。一個月之內，全校上上下下已經沒有人不認識涼宮春日了。時至五月，或許還有人不記得校長叫什麼名字，不過卻沒有人不知道涼宮春日是誰。

在一大堆混戰當中——其實，搗蛋者從頭到尾都只有春日一個人而已——五月悄悄來臨了。

雖然我認為命運這種東西比琵琶湖裡真的有水怪的可信度還要低，不過如果命運真在人類不知道的地方默默影響人的一生，那麼我的命運之輪八成是這陣子開始轉動了。想必是有誰在某座遙遠的高山上，擅自改寫我的命運係數吧。

在黃金週結束後的第一天，放假放到已經有點搞不清楚今天是禮拜幾的我，在五月異樣炎熱的陽光照射下，邊揮灑著汗水邊走上那通往學校、看不見盡頭的坡道。地球到底是想怎樣？再這樣下去搞不好會得黃熱病耶!?

「唷，阿虛。」

突然有人拍了拍我的肩膀，原來是谷口。

他將制服外套隨意掛在肩頭，胸前的領帶滿是縐折，一點男子氣概都沒有。

「你黃金週去哪玩啊？」

「我帶唸小學的妹妹回鄉下的奶奶家。」

「真是無趣。」

「那你又做了什麼？」

「一直在打工啊。」

「真不像你會做的事。」

「阿虛，上了高中還帶著妹妹去看爺爺奶奶又好到哪裡去?高中生就要有高中生的樣子!」

附帶一提，阿虛就是我。我記得最先開始這樣叫的人是嬸嬸。記得幾年前好久不見的嬸嬸突然說「唉呀，阿虛都長這麼大啦!」之後，聽到她這麼叫覺得很有趣的妹妹立刻改口叫我「阿虛」，而來家裡玩的朋友聽到妹妹這樣叫我之後，也跟著那樣叫。從那天開始，我的綽號就變成了阿虛。可惡，在那之前妹妹都還會乖乖叫我「哥哥」的!

「利用黃金週來個表兄弟大集合，是我們家每年的慣例。」

我邊應答邊繼續爬坡，從頭皮滲出的汗水讓我感覺不太舒服。

谷口元氣十足地說著他在打工的地方認識的可愛女孩做了什麼，還有他存了一點錢、所以約會資金不成問題等等的。老實說，別人做了什麼樣的夢，以及家裡的寵物多麼厲害、多麼可愛的這類談話，是世界上最無聊的話題之一。

在聽著谷口連對象都沒找到就假想好的約會行程間，我們來到了校門口。

一走進教室，發現涼宮已經坐在我後面的位子上，若無其事地望著窗外。我發現她今天頭上綁了兩個像包子一樣的髮髻，所以推斷今天是禮拜三，接著便在位子上坐下。然後，自己八成是得了失心瘋吧！如果不是的話，我想不出其他理由可以解釋了。因為等到我回過神時，發現自己正在對涼宮春日說話。

「您是特地為了外星人每天變換髮型的嗎？」

春日突然像機器人似地緩緩轉頭，然後用不苟言笑的表情望著我，老實說還真有點恐怖。

「你什麼時候發現的？」

春日就像在對路邊的石頭說話般冷淡。

被她這麼一問，我倒要好好想想了。

「嗯……前陣子吧。」

「是嗎？」

春日不耐煩地用手扶著臉頰。

「我是這樣想的啦，因為您每天給我的感覺、印象都不太一樣。」

第一次出現了像樣的對話！

「就顏色來說，禮拜一是黃色，禮拜二是紅色，禮拜三是藍色，禮拜四則是綠色，禮拜五是金色，禮拜六是茶色，禮拜天則是白色。」

我大概能了解她在說什麼。

「這麼說來，如果用數字表示的話，禮拜一是0，禮拜天則是6囉？」

「沒錯。」

「可是，我覺得禮拜一應該是1耶。」

「誰問你的意見啦？」

「……也對啦。」

春日似乎不怎麼滿意我的回應，皺著一張臉望著我，而我只能懷著忐忑不安的心情任由時間經過。

「我是不是曾經在哪裡看過你啊，在很久以前？」

「沒有吧！」

當我這樣回答之後，岡部老師便踩著輕快的步伐走進教室，而我們的對話也隨之結束。

雖然這件事的開端沒啥特別之處，但是說不定會成為我跟她開始交談的契機！

話說回來，要和除了上課以外的時間都不在教室裡的春日交談，也只有早上開班會前的那麼一點時間而已，但因為我坐在她前面，所以不能否認我比其他人更有機會跟她交談。

不過，最讓我驚訝的是，春日竟然會好好回答我的問題。原本料準她一定會回我「吵死了笨蛋，閉嘴啦！隨便啦！」不過，敢跟她說話的我，腦筋也跟她一樣怪。

所以，當我發現隔天應該綁三條辮子上學的涼宮，將那頭又黑又長的頭髮剪掉時，心裡還挺受挫的。

原本及腰的長髮如今只剩及肩的長度，雖然這髮型也很適合她，不過在我談論她髮型的隔天就跑去剪短，擺明了就是看我不爽嘛，搞什麼啊！

可是，當我向春日詢問理由時：

「沒什麼理由啊。」

她依舊用不悅的口氣回應，但並沒有顯露出什麼特別的情緒，看來她並不打算將剪頭髮的理由告訴我。

不過，我早就猜到她會有這種反應了。

「妳真的參加過所有的社團啊？」

那天以後，利用早上班會還沒開始的片刻跟春日說話，便成了我每天的功課。可是，如果我不主動開口，春日是不會有任何反應的。另外，如果跟她講昨天連續劇演什麼、今天天氣如何這種對她而言可說是「無聊到極點的話題」，她是絕對不會理人的，因此我每次都很小心地變化話題。

「有沒有哪個社團比較好玩的？告訴我讓我參考一下。」

「沒有。」

春日回答得相當乾脆。

「完全沒有。」

她又強調了一次，然後如蝴蝶振翅般吐了一口氣。她大概是想嘆氣吧？

「原本以為升上高中後會好一點，沒想到還是跟義務教育時代一樣，完全沒有任何改變。看來我是唸錯學校了。」

小姐，妳是用什麼標準在選學校的啊？

「運動社團、文化社團都很普通。要是學校有些比較奇特的社團就好了……」

妳又憑什麼決定人家的社團是普通還是特別呢？

「廢話，我喜歡的社團就是奇特，要不然就是非常地普通。」

是嗎？早知道妳會這樣說了。

「哼！」

她不悅似地撇開頭，今天的對話結束。

另外一天。

「我無意中聽到一件事。」
「反正不會是什麼重要的事。」
「妳真的甩了所有跟妳交往的男生啊？」
「為什麼我非得聽你講這種事？」
她撥了撥及肩的頭髮，並用黑亮的眼睛瞪著我。真是的，她除了面無表情外，最常出現的就是這張生氣的臉了。
「是谷口說的吧？沒想到唸高中還跟那個笨蛋同班，他該不會是跟蹤狂那類的變態吧？」
「我並不覺得。」我心想。
「我是不知道你聽說了什麼。不過也沒差，反正大部分都是真的。」
「難道其中沒有任何一個會讓妳想認真交往的人嗎？」
「完全沒有！」
全盤否定似乎是她的口頭禪。
「每個都像白癡一樣，根本沒辦法認真交往。每個人都只會約我禮拜天在車站前等，然後去的地方一定是電影院、遊樂園，要不然就是去看球賽。第一次吃飯一定約吃午飯，接著再慌忙地去喝茶，最後明天見！」
實在聽不出有哪裡不對啊！我心裡雖這麼想，卻沒敢說出口。反正春日都說不好，那一定就是不好了。

「然後他們一定都用電話告白，搞什麼啊！這麼重要的事，應該要當面講才對啊！」

誰敢當面向一個瞧不起自己的女生講那麼重要的事？——至少對男孩子本身來講——他們一看到妳的表情，就什麼也說不出口了。我一面猜測那些男生的想法，並對春日的話做出回應。

「嗯，也對，要是我就會直接約出來講。」

「誰管你怎樣啊！」

妳是要怎樣啦，這樣說又不對了？

「問題是，難道這個世界的男生全都是這麼無趣的生物嗎？國中時代，我就為這個問題感到很煩躁。」

現在也沒好到哪裡去吧！

「那，妳覺得什麼樣的男生才叫有趣？果然還是要外星人嗎？」

「外星人，或是同樣等級的某種生物都可以。總之，只要不是普通人，不管男女都好。」

為什麼妳會那麼強調一定要人類以外的生物呢？當我一說出口，春日便用一種蔑視的眼神望向我。

「當然是因為人類一點都不有趣啊！」

這……或許妳說的沒錯吧。

就連我也沒辦法反駁春日的說法。如果這個美少女轉學生的真正身分是外星人跟地球人的混血，我也會覺得很棒的。而現在正坐在我附近，偷偷打量我跟春日的谷口，如果是從未來世界來的調查員，那鐵定更刺激。而不知何故一直向我微笑的朝倉涼子要是有超能力的話，我的校園生活一定會更有趣。

不過，這一切都是不可能的。世界上不可能會有外星人、未來人或超能力者的。好吧，就算他們真的出現了，也不會刻意跑到毫不相關的我面前自我介紹說：「你好，我真正的身份其實是外星人」。

「所以啊！」

春日突然踹倒椅子大叫，讓教室內的所有學生都轉過頭看她。

「所以我才會這麼努力啊！」

「抱歉，我遲到了！」

當開朗的岡部體育老師喘著氣衝進教室，竟發現全班同學都轉頭望向站起身、緊握拳頭瞪著天花板看的春日時，不禁訝異地愣在原地。

「啊……班會要開始囉！」

春日立刻坐下，然後死盯著自己的桌角看。呼～，好佳在！

我轉回頭，其他的同學也跟著我轉向頭，然後岡部老師搖搖晃晃地走上台，接著便輕咳了一下。

「抱歉遲到了。啊……那麼我們就開始開班會吧！」

他又重說了一遍，教室的氣氛終於恢復了正常。雖然這種正常是春日最討厭的！

或許，人生就是這樣吧？

但，老實說我內心某處真的很羨慕春日的生活態度。

她總是非常渴望有朝一日能跟我早就放棄的超現實生活邂逅，而且她的做法都非常積極。光是等待，機會是不會憑空而降的，既然如此，就主動呼喚他們吧！所以，她才會在校園裡畫白線、在屋頂塗油漆，以及到處貼紙符。

唉呀！

我是不知道春日何時開始做這些會讓人覺得她是某種狂熱份子的怪事，因為空等待是不會有任何收穫的，不如主動搞一些奇怪的儀式來召喚他們，沒想到最後還是一無所獲，所以春日才會老擺出一張想要詛咒全世界的表情吧……？

「喂，阿虛。」

下課時間時，谷口一臉怪異地靠向我。谷口，你露出那種表情時看起來真的很像笨蛋耶！

「別吵啦！隨便你怎麼說都無所謂。對了，你到底施了什麼魔法？」

「什麼什麼魔法？」

高度發達的科學就跟魔法沒兩樣！想起這句諺語的我不禁反問道。於是谷口便指了指一到下課時間又不見蹤影的春日座位。

「我還是第一次看到涼宮跟人說話說那麼久呢！你到底說了什麼？」

這個嘛，到底說了些什麼呢？我只是隨便問她一些問題而已呀。

「真是驚天動地啊！」

谷口刻意做出非常吃驚的表情。國木田突然從後面探出頭來。

「阿虛從以前就很喜歡奇怪的女生了。」

喂，別說那種會引起誤會的話啦！

「就算阿虛喜歡怪女生也沒關係。我不能理解的是，為什麼涼宮會乖乖跟你聊天。實在搞不懂。」

「說不定阿虛也是個怪人喔？」

「基本上，綽號叫阿虛的，應該不會正常到哪裡去吧。」

不要一直阿虛阿虛的叫啦！與其一直被叫這種白癡綽號，乾脆叫我本名還比較順耳！至少，我也想聽我妹叫我「哥哥」啊！

「我也要聽。」

突然響起一陣聽起來相當輕快的女高音。抬起頭一看，原來是朝倉涼子毫不做作的笑臉。

「我曾經試著找涼宮同學講過好幾次話，可是都沒有結果。你能不能教教我該怎麼跟她聊天？」

我稍微想了一下。我假裝沈思了片刻，其實我根本想都沒想。

「不知道耶。」

聽完朝倉笑了一下。

「嗯，不過我總算放下心了。一直被班上同學孤立也不是辦法，所以她能交到你這個朋友，真的太好了。」

朝倉涼子之所以會像班長一樣關心她，正是因為她真的是班長。因為在之前冗長的班會時間裡，她已經被選為班長了。

「朋友啊……」

我疑惑地歪著頭。真的是這樣嗎？可是，春日每次都只會賞我臭臉而已啊！

「你可要繼續幫助涼宮同學跟班上同學打成一片喔！難得有緣同班，總希望大家能好好相處，對吧？那就麻煩你囉！」

唉，就算妳這麼說，我也不知道該怎麼做啊！

「今後如果有什麼事要轉達給涼宮同學，就請你多多幫忙了。」

不是啊，等一下！我可不是那傢伙的發言人啊！

「拜託你。」

她雙手合十地請求我。面對她的請求，我只能回以「啊啊」、「嗯嗯」這類含糊的回答而已。而朝倉八成把這個當成同意了，便露出黃色鬱金香般的笑容，接著又重新回到女生堆裡頭。在發現那群女生都在看著我後，我的心情頓時跌落谷底。

「阿虛，我們是好朋友吧……」

谷口一臉狐疑地望著我說：「到底是怎麼回事啊？」，就連國木田也閉上眼睛，雙手交叉在胸前地點著頭。

天哪，怎麼身邊全是一些笨蛋啊！

似乎之前就決定每個月都要換一次位子，所以班長朝倉涼子便將四折的紙片放進餅乾罐子裡當籤讓大家抽，最後我換到面向中庭的窗邊倒數第二個位子。而我後面的最後一個位子到底是坐誰呢？沒錯，正是此時一張臭臉的涼宮春日！

「怎麼都沒發生學生一個接一個失蹤，或者老師在形成密室的教室裡遭到殺害這種刺激的事啊？」

「妳別說那種嚇死人的話啦！」

「我參加過推理研究會喔。」

「咦！然後呢？」

「真是笑死人了！直到目前為止，根本沒半件像樣的事件出現。而且，社員都只是些偵探推理小說迷而已，根本沒有像樣的偵探存在！」

「應該都是這樣吧。」

「我本來對超自然現象研究會還挺期待的。」

「是嗎？」

「沒想到那裡都是一些神秘主義狂熱份子而已。你覺得會有趣嗎？」

「不覺得。」

「啊，真是的，實在太無聊了！為什麼這所學校沒什麼比較好玩的社團呢？」

「既然沒有就沒辦法啦。」

「原本還以為高中會有什麼超勁爆的社團的說！唉，這就像志氣滿滿地想要前進甲子園，卻發現就讀的高中根本沒有棒球社一樣。」

春日就像下定決心參拜一百座寺廟準備下咒的女人一樣，以充滿怨恨的眼神望著天空，並吐出如北風般的嘆息。

我該可憐她嗎？

大體上來說，我根本不清楚春日中意哪種社團。說不定連她自己都不是很了解呢！她只是淡淡地說「想做些有趣的事」，而到底什麼是「有趣的事」呢？是解決殺人事件？找尋外星人？還是降魔除妖？我覺得她八成也沒有答案。

「既然沒有就沒辦法啦。」

我說出自己的看法。

「就結果而言，人類都會滿足於現狀。無法安於現狀的人，就會藉由發明或發現來促使文明發達。想在天空飛翔就製造飛機，想輕鬆的移動就發明汽車跟火車。不過，那都是因為一部份人的才能跟發想才出現的，只有天才才能將那些想法化為可能。身為凡人的我們，平庸地度過一生才是最好的選擇，最好不要突然湧現不符身分的冒險精神比較好。」

「少囉唆。」

春日擅自打斷我自認表現還不錯的演說，然後將臉轉向別的地方。看來她的心情真的很不好。不過反正她常常這樣，我也習慣了。

這個女生可能不在乎任何事情，除非是超乎這個無聊現實生活的奇異現象。不過，這世上大概沒有那種現象。是的，並沒有。

物理法則萬歲！多虧了你，我們才能平安無事地過生活。雖然這樣對春日有點不好意思。

這樣的我很正常吧？

一定有什麼引發了這件事。

或許是上述的對話吧！

它就那麼突然地降臨了！

暖洋洋的陽光令人昏昏欲睡，就在我搖頭晃腦打著瞌睡時，一股強大的力量突然扯住我的衣領，將我用力地往後拉。因為用力過度使後腦杓撞上桌角的我，痛得眼淚立刻飆了出來。

「妳幹嘛啦！」

我氣憤地轉過頭，沒想到卻發現拉住我衣領的涼宮春日，臉上竟掛著一抹有如赤道上方太陽般的燦爛笑容——老實說，這還是我第一次看到她笑呢！如果笑容能挾帶溫度，那鐵定像熱帶雨林正中央的氣溫一樣高。

「我想到了！」

喂，口水不要亂噴啦！

「為什麼我之前都沒注意到這麼簡單的事呢？」

春日雙眼閃著天鵝座α星般的耀眼光芒，直勾勾地望著我。迫於無奈的我只好開口問道：

「妳到底想到什麼了？」

「如果沒有，自己組一個就好啦！」

「什麼啊？」

「社團啊！」

頭部突然一陣刺痛，但似乎不是因為剛剛撞倒桌角的關係。

「是嗎？這主意太棒了。那妳是不是可以放開我了？」

「你那是什麼反應啊？你應該表現得更開心才對啊！」

「關於妳的點子，我之後再慢慢聽妳說。我只希望妳能考慮一下場合，再跟我分享妳的喜悅。現在先冷靜下來好嗎？」

「什麼意思？」

「因為現在還在上課。」

春日終於放開我的衣領了。我按了按有點發麻的頭之後緩緩轉過身，卻發現全班同學都露出異常驚訝的表情，而台上手拿粉筆、剛大學畢業的菜鳥女老師則正在望著我，一臉快哭出來的表情。

我示意身後的春日快點坐好，然後朝可憐的英文老師伸出掌心朝上的雙手。

恭請老師繼續上課。

我聽到背後的春日不知嘟噥了些什麼，才心不甘情不願地坐了下來。接著女老師繼續寫著黑板……。

組一個新的社團？

嗯……。

她該不會已經算我一份了吧？

隱隱作痛的後腦杓，不斷宣告著這個不妙的預感。

第二章

就結果而言，我的預感的確成真了。

接下來的下課時間，春日並沒有像平常那樣一個人消失無蹤。反而硬拖著我的手走出教室，通過走廊、爬上樓梯，直到通往屋頂的門前才停下來。

那扇門通常都上著鎖，而且四樓以上的樓梯間幾乎被美術社當作倉庫使用。大型的畫布、幾乎快壞掉的畫框、缺了鼻子的戰神雕像等等，都堆在這小小的樓梯間，使得原本就不大的空間更顯狹小陰暗。

她把我帶來這裡，是想對我怎樣啊？

「我要你幫忙。」

此刻的春日揪著我的領帶說道。她銳利的視線從我頭部稍低的位置射過來，讓我直覺她在威脅我。

「要我幫什麼忙？」

我故意裝傻。

「幫助我組新社團啊！」

「好，那妳先告訴我，為什麼我要幫妳完成這一時興起想到的點子？」

「因為我要確保社團教室跟社員的人數，所以你要準備那些必須向學校提出的書面資料。」

根本沒在聽我說話。

我甩開春日的手。

「妳打算組什麼社團啦？」

「什麼都無所謂啊！總之，先弄個新社團出來就對了。」

我很懷疑學校是否會同意我們組一個活動內容不明的社團。

「聽好囉！今天放學前，給我去調查清楚。而我會去找社團教室，可以吧？」

不可以！要是我這樣回答，鐵定當場就會被殺掉。就在我猶豫該怎麼回答時，春日已轉身下樓，留下一個不知如何是好的男生，孤零零地站在塵埃滿佈的樓梯間。

「……我都還沒答應耶……」

唉，這話對石膏像說也沒用，只能拖著沈重的腳步，邊走邊想該怎麼對充滿好奇心的班上同學交代。

創立「同好會」的相關規定

人數一定要五人以上。要確定顧問老師、名稱、負責人、活動內容，還需獲得學生社團營運委員會的許可。活動內容要符合充滿創造力與活力的校園精神。之後，營運委員會會依活動狀況和實績，提出是否能升格為「研究會」的動議。另外，尚為同好會期間，校方並不提撥任何的預算。

根本不需要特別去查，因為學生手冊後面就有寫。

人數甚至可以去借人頭來登記就好，並沒啥太大的問題。而顧問雖然難找，不過應該還是能想辦法拐個人來做。同好會也會取個不會被學校找碴的名稱，至於負責人，不用說，一定是春日。

不過，我敢保證我們的活動內容，絕對不可能符合什麼「充滿創造力與活力的校園精神」。

話雖如此，涼宮春日這個人原本就不會理會這些規定！

隨著放學的鐘聲響起，春日使出可怕的蠻力拉住我制服外套的袖子，然後幾乎等於在綁架我似地，迅速地將我拉出教室。我可是費了好大的功夫，才讓書包不至於被遺棄在教室裡。

「要去哪裡啦?」

我會這樣問也是正常的。

「社團教室。」

氣勢驚人，幾乎要將前方緩慢移動的人潮一腳踹開的春日，在回了一句簡短的對話後便閉上了嘴。拜託，妳起碼先放開我的手啊!

通過走廊來到一樓，然後走進另一棟大樓，再爬上樓梯，接著走在昏暗走廊上的途中，春日停下了腳步。當然，我也跟著停了下來。

眼前有一扇門。

文藝社。

寫著這幾個字的門牌，歪斜地貼在門上。

「就是這裡。」

春日門也沒敲就拉開了門，毫不客氣地走了進去。當然，我也跟著她走了進去。

教室裡竟意外地寬敞，或許是裡頭只擺了張長形的桌子、鋼管椅，和鋼製書架的關係。天花板跟牆壁上的兩三道龜裂裂痕，讓人清楚地體會到這棟建築物有多老舊。

就好像這間房子的附屬品似地，一名少女獨自坐在鋼管椅上，正在看著一本相當厚重的精裝書。

「以後這裡就是我們的社團教室了。」

春日張開雙手鄭重地介紹著。她的臉蛋因那神采奕奕的笑容而亮了起來，要是在教室裡也能常看到這樣的表情就好了。儘管我心裡這麼想，卻沒敢說出口。

「等一下，這裡到底是什麼地方？」

「文化社團的社團大樓。大樓裡好像有美術社、管樂社、美術教室跟音樂教室。一些沒有特別教室可以使用的社團或同好會，都聚集在這棟大樓裡，通稱舊館。而這間教室則歸文藝社所有。」

「那文藝社呢？」

「等今年春天三年級畢業之後，社員人數就等於零，再加上招募不到足夠的新社員，所以文藝社便決定休社。對了，她是這次一年級裡唯一的新社員。」

「這樣根本還沒休社嘛！」

「很接近了啦！只有一個人的社團，根本就等於沒有一樣嘛！」

妳這個白癡！妳是想搶人家的社團教室啊？我往坐在桌邊看書的那位文藝少女看了一眼。

她是個戴著眼鏡、頭髮短短的女生。

春日明明已經吵成這樣，她卻連頭都沒抬起來過。除了手指偶爾翻翻書外，她整個人幾乎呈現靜止狀態，完全無視於我們的存在。看來，她也是個怪怪女！

我壓低音量對春日說：

「那個女生怎麼辦？」

「她說沒關係啊！」

「真的嗎？」

「午休時我就見過她了。我說要跟她借教室，她就說請便。好像只要繼續讓她在這裡看書就可以了。說起來，她也挺奇怪的。」

妳哪有資格說別人啊！

於是，我便光明正大地打量起那個奇怪的文藝社社員。

白皙的肌膚和欠缺表情的臉蛋，以及有如機械般移動的手指。剪得短短的頭髮，蓋住她端正的臉龐，讓人不禁想看看她摘下眼鏡的樣子。她給人的感覺就像個毫不起眼的人偶，講白一點就是個神秘又面無表情的怪人就對了！

或許是對我大刺刺的打量視線有什麼意見吧，少女突然毫無預警地抬起頭來，用手指推了推眼鏡。

我看見她鏡片底下那對深色眼睛正在凝視著我。不管是她的雙眼、嘴唇，都沒有任何表情，就像一張面具一樣。她跟春日不一樣，是打從一開始就沒有任何情緒變化的那種面無表情。

「長門有希。」

她用聽完三秒後立刻就會從腦海中忘掉的平坦嗓音，說出那幾個聽起來像是她名字的國字。

長門有希注視了我片刻後，便完全失去興趣似地將注意力再次轉回書本上。

「我說長門同學，」我出聲道：「這傢伙想借用這裡作為不知名社團的活動教室，請問可以嗎？」

「可以。」

長門有希的視線始終不離書本。

「不過，可能會給妳帶來很多麻煩耶。」

「沒差。」

「說不定妳還會被趕出去喔？」

「請便。」

雖然她回答得很乾脆，卻不帶絲毫的情感。看來，她似乎真的覺得怎麼樣都無所謂。

「好，那就這麼決定了。」

春日突然插嘴道。她的聲音過於雀躍，讓我不禁有種不太妙的預感。

「以後放學後，就在這間教室集合。一定要來喔！否則你就死定了！」

她用櫻花盛開般的燦爛笑容說道，我也只能心不甘情不願地點頭。

拜託，我可不想死啊！

雖然社團教室已經找到了，不過要繳交給學校的書面資料卻沒有任何進展。因為社團名稱跟活動內容都還沒決定。雖然我有叫春日先把這些東西搞清楚，不過她似乎有別的想法。

「那些之後再決定就好了！」

春日高聲宣告。

「現在最重要的是社員，起碼還要再找兩個人才行。」

這麼說，妳是已經把那個文藝社社員給算進去囉？妳該不會把長門有希當成社團教室的附屬品了吧？

「你放心好了。我會馬上召集到人馬的，我心裡早有適當的人選了。」

我怎麼放得下心啊！內心的疑惑反而越來越強烈了！

隔天，拒絕了邀我一起回家的谷口和國木田後，無奈的我拖著沈重的腳步前往社團教室。

而春日撂下一句「你先去！」後，便用田徑隊迫切需要的超快速度衝出教室。動作快得不禁讓我懷疑她的腳踝是不是裝了加速器。真不曉得她到底是要衝去找新社員，還是為自己又朝與外星人接觸邁進了一步而亢奮？

另一方面，我只能背著書包，有氣無力地走向文藝社。

走進社團教室，發現長門有希已經坐在裡頭，並以跟昨天一樣的姿勢看著書。我緩緩朝她走近，但她仍像昨天一樣埋首書中，完全不理睬我。莫非文藝社是個純讀書社團？否則她怎麼老是在看書？

教室裡一片沈默。

「……妳在看什麼？」

難耐這片死寂的我終於忍不住開口了。長門有希便將書本舉起秀出書皮回答了我的問題。一大串有如安眠藥般具催眠效果的外來語躍入眼簾，看來似乎是某種科幻小說吧！

「有趣嗎？」

長門有希無力地推了一下眼鏡，然後用虛無縹緲的聲音說：

「很特別。」

看來不管我問什麼她都會回答。

「哪個部分？」

「全部。」

「妳喜歡看書啊？」

「非常喜歡。」

「這樣啊……」

「……」

又是一陣沈默。

我可以回家嗎？

我一面這樣想一面把書包放在桌子上，正準備在鋼管椅上坐下時，門就像被踹開似地被打了開來。

「唉呀，抱歉，我來晚了！為了抓這傢伙，多花了一些時間。」

終於登場的春日高舉一隻手向我們打招呼。而她另一隻手則抓著另一個人的手腕，看樣子她又綁架一個人了！當春日走進室內後，不知為什麼竟反手把門上了鎖。喀鏘！聽到這聲音後，那名身材嬌小的少女便不安地顫抖了起來。

哇塞，她長得可真漂亮。

她八成是春日口中的「適當人選」了。

「妳要幹嘛?」

說出這句話的可憐少女已經快要哭出來了。

「這裡是哪裡?妳為什麼要把我帶來這裡?還有,妳幹嘛把門鎖上?妳到底要幹嘛?」

「給我閉嘴!」

春日充滿魄力的聲音讓少女當場愣住。

「跟大家介紹一下,她是朝比奈實玖瑠。」

說完名字後,春日便不再說話了。看來,好像已經介紹完畢了。

無以名狀的沈默再度支配整間教室。春日一副已經功成身退的表情,長門有希則依舊毫無反應地看著自己的書,而名叫朝比奈實玖瑠的謎樣美少女則一臉快哭出來的膽怯模樣。喂喂,好歹有人講一下話吧!這麼想的我,還是忍不住先開口了。

「妳是從哪裡把人家綁架過來的?」

「才不是綁架呢!只是強迫她跟我過來。」

那還不是一樣!

「我看她在二年級的教室發呆,就把她抓過來了。我下課時間都在學校四處趴趴走,已經看到她好幾次了。」

原來妳下課時間不在教室，都是在做這種事喔？啊，不對，現在可不是深究這件事的時候。

「這麼說，她年紀比我們大囉！」

「那又怎樣？」

我不禁露出一臉不可思議的表情。天哪，這女人根本什麼都沒在想嘛！

「好，算了……。那妳告訴我，為什麼要找她，嗯，朝比奈學姊對吧？」

「來，你仔細看一下。」

春日突然指著朝比奈實玖瑠的鼻子，害她猛地縮了下肩膀。

「她長得很可愛吧？」

簡直就像危險的綁匪說的話！我才這麼一想，她又說道：

「我覺得誘人角色的存在是非常重要的！」

「……抱歉，妳剛剛說什麼？」

「我說誘人的角色啦！就是一個吸引人的要素！基本上，推理故事裡都會有個誘人且惹人憐愛的角色。」

我不禁轉頭望向朝比奈實玖瑠。身材嬌小的她，有著一張讓人幾乎錯認是小學生的娃娃臉。捲度微妙的栗子色頭髮，柔軟地垂在腦後，一對小狗似的水汪汪大眼，散發著「請保護我」

的光芒。從那半開的嘴唇，看得到一排白瓷般的牙齒，再配上她小巧的臉蛋，整體形成一種絕妙的協調感。要是讓她拿著一根鑲了發光寶石的魔杖，說不定會立刻變身為小魔女呢！啊啊～，我到底在胡思亂想些什麼啊！

「還不只是這樣喔！」

春日自豪地笑著，然後雙手從朝比奈實玖瑠的背後往前猛力一抱。

「哇啊啊！」

朝比奈立刻大叫。但春日卻不為所動地隔著水手服，緊握著她的胸部不放。

「哇啊啊啊！」

「明明個子不高，胸部卻比我還大呢！可愛的臉蛋加上巨乳的身材，這也是一個吸引人的重要要素！」

天哪，我快昏倒了！

「啊，真的好大喔！」

春日甚至將手伸進朝比奈的制服裡，開始揉搓起來。喂喂，妳這個變態！

「實在讓人生氣！明明臉蛋這麼可愛，胸部卻比我還要大！」

「救，救命啊！」

朝比奈滿臉通紅，手腳不停地擺動、掙扎，不過卻因體格相差太多而於事無補。當行為越來越踰越限度的春日掀起她的裙子時，我終於忍無可忍地將黏在朝比奈身後的色女拉開。

「妳要什麼白癡啦！」

「可是，真的很大啊！真的！要不然你也摸摸看？」

朝比奈發出微弱的哀號。

「不用了。」

我只能這麼說。

讓我驚訝的是，長門有希從剛剛的騷動就一直埋首書中，頭連一次都沒抬起來過。這個人到底是怎麼回事啊？

這時我突然想到一件事。

「喂喂，妳該不會是因為……朝比奈學姊長得可愛胸部又大，才把她帶來這裡的吧！」

「當然啦！」

天哪，妳真是個不折不扣的白癡！

「像她這種吉祥物般的角色，是絕對必要的！」

必要個頭啦！哪有這回事！

朝比奈將凌亂的制服重新拉好，然後抬起眼睛望著我。唉呀，妳那樣看我，可會讓我很為難的。

「實玖瑠，妳還有參加其他的社團嗎？」

「還有……書法社……」

「那就退出書法社吧！否則會妨礙我社團的活動。」

春日，妳這個人未免也太自私了吧！

朝比奈的表情看來活像某某殺人事件的被害者，以求救般的眼神望著我，接下來似乎突然驚覺長門有希的存在似地，兩眼瞪得老大，明顯露出徬徨的眼神。片刻後，她才用蜻蜓嘆息般的聲音低喃「原來如此……」。

「我知道了。」

妳是知道什麼了啊？

「我會退出書法社，加入你們社團的……」

她的嗓音聽起來十足悲傷。

「不過，我並不清楚文藝社是在做什麼的。」

「我們又不是文藝社。」

春日理所當然似地說。

看著一臉驚訝的朝比奈，我連忙插嘴替春日解釋。

「我們只是暫時借這間教室進行社團活動。而妳加入的其實是這個涼宮春日今後將創立的新同好會。只不過，活動內容尚未定案，連名字都還沒取好就是了。」

「……什麼？……」

「順帶一提，坐在那邊看書的是真正的文藝社社員。」

「啊……」

微啟著一張可愛嘴唇的朝比奈頓時啞口無言。唉，她會這樣也是正常的。

「沒關係啦！」

開朗到近乎沒有責任心的春日，用力打了朝比奈嬌小的肩膀一下。

「社團名字我剛剛已經想到了！」

「……那妳說來聽聽啊！」

我用期待值等於零的聲音說道。如果可能，我真的不想聽啊！不過既然我都問了，涼宮春日自然就以響亮的聲音把她想到的名字大聲唸出來了。

誠如大家所知道，一切的開端只是因為涼宮春日單純的想法，並沒有其他迂迴曲折的原因，接著……我們的新社團名稱就這麼決定了。

ＳＯＳ團！

讓世界變得更熱鬧的涼宮春日團，簡稱ＳＯＳ團。（註：ＳＯＳ是由世界sekai的S，更加ooini的O，與涼宮suzumiya的S所組成）

好了，大家笑吧！

而我還來不及大笑就先呆掉了。

為什麼要叫「團」？其實本來的名稱應該是「讓世界變得更熱鬧的涼宮春日同好會」，不過現在既不符合同好會的規定，也不清楚這個集團到底要做些什麼，所以就在春日一句意義不明的「既然這樣，那叫某某團不就好了！」後，社團名稱就這麼可喜可賀地決定了。

聽到團名的瞬間，朝比奈早已死心地緊閉著嘴，長門有希算是局外人，而我根本也不能說些什麼，所以最後在贊成票一票、棄權三票的情況下，「ＳＯＳ團」就正式開始展開活動了！

還真是可喜可賀啊！

咕，隨便妳去胡搞吧！

每天放學後一定要在這裡集合喔！春日對所有人這樣說完後，這天就先解散了。朝比奈雙肩下垂、有氣無力地走在走廊上的背影，看起來是那麼的悲傷，於是我忍不住出聲叫住她。

「朝比奈學姊。」

「什麼事？」

完全看不出年紀比我大的朝比奈，用一臉純真的表情望向我。

「那種奇怪的社團，妳不想加入也沒關係啦！請妳不用管那女人，我之後再跟她解釋就可以了。」

「不。」

她停下腳步並瞇起了眼睛，微笑著輕聲說道：

「沒關係，我要加入。」

「可是，這應該不是太有趣的社團喔！」

「沒關係啊，你不是也加入了嗎？」

不是啊，我有沒有加入不是重點吧！

「或許，這件事在這個時間平面上，是必然的結果……」

她圓滾滾的眼睛望向遠方說著：

「什麼意思？」

「而且，我對長門的存在也有點興趣……」

「在意她？」

「噢，不，沒事。」

朝比奈有些慌張地搖搖頭，她那一頭大波浪長髮也跟著搖晃起來。

接著，朝比奈有些不好意思地笑著，並深深地朝我鞠了個躬。

「小女子不才，以後還請多多指教。」

「唉呀，妳這樣我會不好意思的……」

「以後請叫我實玖瑠就好了。」

她微笑道。

哇啊，真是可愛到令人發暈啊！

以下是我跟春日某天的對話。

「你知道接下來還需要什麼？」

「誰知道啊！」

「我還是想找到謎樣的轉學生！」

「請告訴我謎樣轉學生的定義。」

「從學期開始到現在已經過了兩個月，而此時才轉學的人，鐵定擁有謎樣轉學生的資格。你覺得咧？」

「說不定人家是因為老爸調職才被迫轉學的。」
「不，那樣實在太不自然了！」
「對妳來說，什麼才叫自然？我倒是很想知道。」
「謎樣的轉學生……到底會不會出現？」
「反正妳根本就把我的話當耳邊風嘛！」

校園裡似乎開始流傳起我跟春日在密謀什麼的謠言。
「喂喂，你跟春日到底在搞什麼啊？」
會這樣問的鐵定是谷口。
「你們該不會是在談戀愛吧？」
絕對不是！老實說，我也想知道我到底在做什麼啊！
「你也別太誇張啦！又不是國中生！要是你們又在操場上搞破壞的話，可能會被停學的！」
要是只有春日一個人在胡搞，我還可以不用太理她。不過現在還有長門有希跟朝比奈實玖瑠，我起碼得照顧她們免於受牽連。一想到自己這麼有心，便不由得自傲了起來。
不過最重要的是，我根本無法阻止瘋狂胡鬧的春日啊！

「好想要一台電腦喔！」

自從宣告成立ＳＯＳ團以來，原本只有一張長桌子、鋼管椅和書架的文藝社教室，東西慢慢變多了起來。

現在室內角落擺著一座不知從哪裡拿來的吊衣架，熱水壺和陶杯、茶碗、沒有ＭＤ功能的ＣＤ錄放兩用收音機、單層冰箱、小瓦斯爐、陶鍋、水壺以及各種食器。現在是怎樣？打算叫我們住在這裡啊？

此刻，春日正盤腿坐在不知從哪裡搶來的學生桌上。不知怎地，桌上還擺了一個用奇異筆寫著「團長」兩個字的三角錐。

「在這個資訊化的時代裡，連一台電腦都沒有，是不行的！」

聽妳在胡扯，這是誰規定的啊！

所有成員都到齊了。長門有希依舊坐在她的老位子上，專心看著標題為土星衛星要是掉下來會怎麼樣的厚重精裝書。而雖然不用出席卻乖乖出現的朝比奈，則有些不知所措地坐在鋼管椅上。

春日從桌上跳下來後，便衝著我露出不軌的笑容。

「所以，我會想辦法去弄一台來。」
春日以宛如瞄準獵物的獵人般的口吻說道。
「弄一台，妳是說電腦嗎？去哪裡弄？妳該不會打算去搶電器行吧？」
「怎麼可能！是更近一點的地方啦！」
跟我來！在春日一聲令下，我跟朝比奈只好乖乖地跟著她到只隔了兩間教室的電腦研究社去。
原來如此！
「拿著這個。」
說完後，春日便將手上的即可拍遞給我。
「給我聽好了！現在要告訴你作戰計畫，你可要按照計畫行動喔！千萬要好好把握機會。」
春日拉低我的身體，接著在我耳邊小聲地說明她的「作戰計畫」。
「啊？妳又要亂來啦？」
「有什麼關係！」
是妳沒關係啊，大姊！我瞧了一臉莫名其妙的表情望向這邊的朝比奈，對她眨眼暗示。
妳最好快點回去！
可是，朝比奈只是一臉驚訝地望著我，然後不知為何臉頰突然紅了起來。完了，她看不懂我的暗示。

就在我企圖解救朝比奈的時候，春日一臉正經地敲了敲電腦研究社的門。

「你們好！我前來徵收一台電腦！」

雖然隔間很類似，不過這間教室卻非常狹窄。等距排開的桌子上擺了好幾台ＣＤ音響和桌上型電腦主機，涼風扇低沈的轉動聲震動著室內的空氣。

坐在位子上喀擦喀擦敲著鍵盤的四名男同學，紛紛探出身子窺探站在門口的春日有何意圖。

「哪個是社長？」

笑容裡帶點傲慢的春日說完後，其中一個男生便站起來回答。

「我就是，有什麼事嗎？」

「你是沒帶耳朵啊，我剛剛明明就講過了。一台電腦給我。」

一個不知道姓名的高年級電腦研究社社長，隨即露出「妳這傢伙在胡說什麼啊！」的表情，並用力搖了搖頭。

「不行不行。因為學校補助經費不足，這裡的電腦都是我們社員自己辛苦存錢買來的，怎麼可能妳說要就隨便給妳。我們又不是凱子！」

「有什麼關係嘛！一台就好啦，你們明明就有這麼多台！」

「那個……先請問一下，你們到底是誰？」

「我是ＳＯＳ團團長，涼宮春日。而這兩個分別是部下一跟部下二。」

等等，誰是妳的部下啊！

「我用ＳＯＳ團的名義號令你，馬上交出一台電腦，少在那邊說那些五四三的！」

「雖然我不知道你們是誰，不過不行就是不行！要電腦自己去買！」

「既然你這麼說，我們也有我們的方法。」

春日的眼睛倏地發出無畏的光芒。啊，那是個不祥的預兆！

春日將原本呆立一旁的朝比奈往前推向電腦社長，然後突然握住他的手，往朝比奈的胸部摸去。

「哇啊！」

「啊！」

喀擦！

就在兩種尖叫聲同時響起時，我按下了即可拍的快門。

春日死命拉著想要逃跑的朝比奈，另一隻手則壓著社長的手揉搓著她的胸部。

「阿虛，再拍一張！」

無奈的我只有再度按下快門。朝比奈還有這位不知名的社長，我實在太對不起你們了。就在春日拉著社長的手準備掀起朝比奈的裙子時，社長終於掙脫了她的箝制。

「妳到底要幹嘛啦！」

相對於滿臉通紅的社長，春日僅是優雅地搖了搖手指。

「唉呀呀！我們可是拍到你性騷擾我們社員的畫面囉！要是不想讓這張照片在校內流傳的話，就快點交出電腦！」

「開什麼玩笑！」

社長口沫橫飛地抗議。唉，你的心情我感同身受。

「那是妳強拉著我去摸的耶！我是無辜的！」

「是嗎？你可以試試看，有誰會聽你的解釋啊！」

仔細一看，才發現朝比奈原來已經癱倒在地上了。看來她八成是因為太過驚恐，整個人都虛脫了。

另一方面，社長仍在努力抵抗著。

「這裡的社員們都可以替我作證！剛剛絕不是出自我的本意！」

站在一旁嚇得目瞪口呆、渾身僵硬的三名社員這才回過神來點了點頭。

「沒錯！」

「社長根本沒錯！」

唉，如果春日聽得下這些話，她就不叫涼宮春日了！

「好，那我就說你們全體社員輪暴朝比奈！」

剎那間，包括我和朝比奈在內的所有人立刻刷白了臉！天哪！有必要搞到這種地步嗎？

「涼，涼宮同學……！」

春日輕輕踹開抓住她腳踝的朝比奈的手，然後驕傲地挺起胸膛。

「怎麼樣？到底給不給？」

社長的臉色由紅轉白，最後變成暗沈的顏色。

最後他還是投降了。

「隨便妳要哪一台，儘管搬走吧……」

說完後，社長便沮喪地坐在椅子上。其他社員見狀，連忙衝到他身邊。

「社長！」

「請你振作點！」

「打起精神來！」

社長的頭猶如斷線的木偶般，無力地垂了下去。看到他這個模樣，連身為春日同伴的我，都不禁為他落下一把傷心的眼淚。

「哪一台是最新機種？」

真是個冷酷到極點的女人啊！

「為什麼要告訴妳？」

憤怒的社員仍在做最後的抵抗，春日見狀默默地指了指我手上的相機。

「可惡！那一台啦！」

春日看了看那傢伙指的機型和產品編號後，便從裙子口袋裡掏出一張紙條來。

「昨天我到電腦商品店去，跟店員要了一些最新機種一覽表。這台好像沒在上面？」

哇塞，這女人計畫得實在周詳得嚇人啊！

春日稍微檢視了桌上的機器後，隨即指向其中一台。

「我要這台。」

「等一下！那台是上個月才買的啊！」

「相機，相機。」

「……拿去啦，土匪！」

的確是土匪沒錯，完全無法反駁。

春日真是個貪得無厭的女人！將所有電纜線全部拔掉後，她毫不客氣地將各種機器往文藝社教室搬，並要電腦研究社的社員替我們重新接好線，並從他們的社團教室拉出兩條電纜，好讓我們可以上網，甚至還逼他們替我們架設好校內網路。惡劣的行徑簡直跟強盜沒啥兩樣！

「朝比奈學姊。」

完全幫不上忙的我將雙手摀著臉，蹲在地上不斷哭個不停的朝比奈扶了起來。

「我們先回去吧！」

「嗚嗚嗚嗚。」

要捏不會捏自己的胸部喔，混蛋春日！對能蠻不在乎地在男生面前換衣服的春日而言，這不過是小事一樁啊！我一面安慰著不斷哭泣的朝比奈，一面納悶她要電腦做什麼。

算了，反正很快就知道了。

那就是設計一個ＳＯＳ團的網頁！

好了，問題來啦，到底該由誰做呢？

「當然是你！」

春日說。

「反正你閒得要命，就你做吧！我還得去找剩下的社員呢！」

電腦就擺在放有「團長」三角錐的那張桌子上。春日手握著滑鼠瀏覽著網站說：

「這一兩天就把它完成。沒有網頁，什麼活動都沒辦法開始。」

朝比奈趴在對我毫不理會、自顧自地看書的長門有希身旁的桌上，肩膀不停地顫抖著。看來，有聽到春日說話的好像只有我而已，我是非得乖乖照她的話去做了。至少，春日是這樣想的沒錯。

「就算妳這樣說，我也沒辦法。」

老實說，我還挺想這樣講的。唉呀，我可不是習慣了春日的命令口氣喔！我會答應是因為網頁的關係。雖然沒做過，不過好像挺有趣的。

就這樣，我的網頁設計奮戰記便在第二天展開。

話雖如此，不過得來全不費功夫。因為厲害的電腦研究社社員們，老早就把應用軟體存在硬碟裡，只要跟著既有的軟體模式剪剪貼貼就能做好了。

問題是，網站上頭該寫些什麼呢？

現在的我根本不知道ＳＯＳ團的活動理念是什麼，所以也根本不可能寫出些什麼好東西。我只能在首頁貼上「歡迎光臨ＳＯＳ團的網站！」後，便停下了手邊的動作。聽到沒，要給我快點弄完喔！實在懶得聽春日在我耳邊唸咒般的叨唸，所以我只好苦命地利用午休時間，一面吃便當，一面握著滑鼠趕工。

「長門，妳有沒有想寫什麼？」

我向連午休時間都來社團教室看書的長門詢求意見。

「沒有耶。」

她連臉都沒抬起來。雖然不關我的事，不過我實在好奇她到底有沒有好好上課？視線從長門戴著眼鏡的臉轉回17吋的電腦螢幕上，我再度陷入了沈思。

突然還想到一個問題，校方會讓還沒獲得正式許可、無法以同好會稱之的團體，在學校的官方網站上設計網頁嗎？

只要不被發現就好啦！春日一定會這樣說。要是被發現，放著不管就好了，這種東西就是先做先贏，懂吧！

說真的，在某種程度上，我還挺羨慕她那種樂觀又勇往直前的個性呢！

適當地截取一些網頁的連結後，再打上伊妹兒地址，——現在做留言版還太早了——便把只有首頁、連內容都沒有的陽春網頁上傳。

這樣應該可以了吧！在確認過網頁可以確實秀出來後我就把電腦關掉了，正想用力伸個懶腰時，卻發現長門有希站在背後，害我嚇了好一大跳。

奇怪，她走路都沒聲音的喔？不知何時來到我身後的長門，臉色有如能面具般蒼白。她那張就算硬ㄍㄧㄥ也ㄍㄧㄥ不出來的超完美撲克臉，以有如觀看視力檢查表似地望著我。

「這個！」

她遞給我一本非常厚重的書，而我也反射性地收了下來。真的好重呢！看了看封面，原來是長門幾天前看的國外科幻小說。

「借給你。」

長門丟下這句話後便頭也不回地走出教室，連讓我反駁的時間都沒有。妳借這麼厚的書給我幹嘛啊？就在這時候，耳邊響起了告知午休時間即將結束的預備鐘聲。看來，我身邊很少有人會尊重我的意見。

在我拿著這本精裝書回到教室坐好後，突然感覺有人用自動鉛筆在戳我的背。

「怎樣，網頁做好了嗎？」

春日板著一張臉抓著桌子問道。仔細一看，發現她的筆記本已被她用筆畫得亂七八糟的。

我盡可能裝作不在乎班上同學的眼光回答：

「做是做好了啦，不過只是個單調到不行的網頁而已。」

「現在只需要這樣就好，有伊妹兒信箱就ＯＫ了。」

那妳不會去申請一個免費信箱就好了喔！

「那可不行！要是大家瘋狂寄信來，把我的信箱擠爆怎麼辦？」

真搞不懂為什麼才剛申請的信箱會被人擠爆？

「秘密！」

說完後，她又露出詭異的微笑，感覺實在不怎麼好。

「等放學後你就知道了。不過，在那之前是絕對機密。」

拜託，我倒希望妳永遠不要告訴我咧！

接下來的第六堂課，春日並沒有留在教室裡上課。該不會乖乖回家了吧？唉，想也知道不可能，這一定是壞事開始的前兆！

然後就到放學時間了。一下課，我便反射性地往社團教室走去，儘管不停懷疑自己為什麼會乖乖照做，但腳步卻未曾停止過。終於，我走進了文藝社教室。

「妳們好！」

裡頭果然有長門有希和正坐在椅子上的朝比奈。

雖然道人長短是不好的行為，不過這兩個人還真閒呢！

發現我走進教室後，朝比奈明顯露出放鬆的表情向我打了個招呼。看來，跟長門單獨在密室裡相處，是挺累人的一件事。

奇怪，才被春日那樣整過，妳今天還來啊？

「涼宮同學呢？」

「誰知道！第六堂課時就不在了，八成又到哪裡去搶奪設備了吧？」

「我是不是還得像昨天一樣做那種事啊……」

望著臉上堆滿憂鬱的朝比奈，我極其溫柔地說：

「放心啦！要是那女人又想對妳亂來，我一定會盡全力阻止她的。要亂搞不會用自己的身體喔！反正打架我不會輸她。」

「謝謝。」

看到她朝著我鞠躬道謝的那副可愛模樣，讓我忍不住想緊緊抱住她。不過我當然沒那麼做就是了。

「那就拜託你了。」

「小事一樁啦！」

雖然我再三保證，然而五分鐘不到，我的保證便成為紙上的空談、沙上的閣樓、太陽內部的水分子一樣消失無蹤了。唉，我實在太遜了！

「喲！」

在充滿元氣的招呼聲後，春日也跟著走進教室，只見她手上拿了兩個紙袋。

「抱歉抱歉，稍微拖了點時間。」

講得那麼好聽！沈迷於某事的春日，根本不可能考慮到其他人的心情！

春日將紙袋放在地板上之後，就反手鎖上了門。聽到那喀擦的一聲，朝比奈反射性地顫抖了一下。

「涼宮，妳現在又想幹嘛？先告訴妳，我可不幹那種強盜還有威脅的事喔！」

「你在胡說什麼啊？我才不會做那種事咧！」

是嗎？那桌上的電腦是怎麼來的？

「當然是利用和平手段得來的啊！好啦，先看這個要緊。」

她從其中一個紙袋取出上頭印了些手寫文字的A4草稿紙。

「這是為了讓大家認識我們SOS團而特別做的傳單。這兩百張傳單，可是我偷溜進印刷室辛辛苦苦印出來的喔！」

春日將傳單分給我們。妳蹺課就是跑去做這件事喔？算妳厲害，竟然沒被抓到。雖然我並不是很想看傳單上寫了什麼，不過既然已經拿了，就勉強看一下吧！

『SOS團創團聲明

我們SOS團正擴大募集這世上所有不可思議的事。歡迎過去曾經歷不可思議事件的人，或是現在正面臨不可思議、謎樣現象的人，以及有預感不久的將來一定會經歷奇幻事件的人踴躍與我們諮詢。我們會盡力替你解決問題。不過，普通的不可思議事件恕不受理，一定要讓我們覺得相當驚人的不可思議事件才行，敬請注意。伊妹兒信箱如下……』

我終於漸漸了解ＳＯＳ團存在的意義了。看樣子，不管怎樣，春日就是想沈浸在推理、幻想、恐怖的童話世界裡。

「好了，該去發傳單了。」

「去哪裡發？」

「校門口，現在還有很多學生沒回家。」

是是是，妳說的都對。我邊說邊想伸手拿紙袋時，春日卻阻止了我。

「你不用發沒關係，實玖瑠跟我去就好了。」

「什麼？」

雙手拿著宣傳單正在看的朝比奈微傾著頭，一臉的不解。只見春日在另一個紙袋裡翻找，接著粗手粗腳地拿出裡頭的東西。

「鏘鏘！」

笑得跟機器貓一樣開心的春日，首先拿出一塊黑色的布塊。呃，不會吧！當春日從四次元口袋似的紙袋逐一拿出內容物後，我便了解她為什麼指名朝比奈去發傳單，並在心裡默默為她祈禱。朝比奈，希望妳的靈魂能安息！

黑色的緊身衣、網襪、假耳朵、蝴蝶結、白色領套和袖套以及尾巴。

再怎麼看都是兔女郎的衣服！

「那，那個到底要做什麼……」

朝比奈怯生生地問。

「妳也知道吧！扮兔女郎啊！」

春日理所當然地說。

「妳，妳，妳該不會要我穿那個吧？」

「當然囉！我也有準備妳的啊！」

「我，我不要穿那種衣服！」

「放心啦，尺寸應該剛好。」

「不是那個問題！妳，妳該不會要我穿成那樣在校門口發傳單吧？」

「這還用說。」

「我，我不要！」

「少囉唆！」

完了，她被盯上了。春日猶如母獅準備襲擊離群的瞪羚般敏捷地撲向朝比奈，隨即開始動手脫她的水手服。

「不要啊！」

「給我乖乖的不准動！」

春日一面粗魯地說著，一面迅速扯下朝比奈的上衣，接著朝她的裙子出手。就在我走向前準備制止春日的暴行時，卻與朝比奈的視線相對。

「不要看啊！」

被她那麼一叫，我只好急忙往右朝門口走去——可惡，門竟然上鎖了——，我不停地用力旋轉門把，費了好一番功夫才將門鎖打開，然後衝出教室。

離開前，我稍微朝室內看了一下，發現長門有希若無其事地繼續看著自己的書。

妳難道沒什麼話想說嗎？

我無力地靠在關上的門板上，聽著室內傳來朝比奈可憐的尖叫聲。

「啊啊！」、「不要啊！」、「至少……讓，讓我自己脫啦……嗚嗚！」

其中還伴隨著春日勝利的叫聲。

「那好！」、「快脫快脫！」、「一開始就乖乖聽話不就好了！」

嗚嗚，要我不去在意裡面發生什麼事，根本是不可能的！

片刻後，室內傳來春日的叫聲。

「你可以進來了！」

當我感嘆地走進教室後，兩個近乎無法挑剔的完美兔女郎隨即映入眼簾。不管是春日還是朝比奈，都非常適合那樣的打扮。

裸露在外的大片胸脯和背部，包裹在網襪裡的雙腿，以及兩人頭上輕輕晃動的兔子耳朵……。

春日瘦歸瘦，但該凸的地方凸；朝比奈嬌小歸嬌小，該有的地方一樣沒有少。老實說，她們的打扮還真是秀色可餐呢！

就在我猶豫該不該對嗚咽哭泣的朝比奈說「很適合妳喔！」時，春日開口了：

「怎麼樣？」

這種時候妳還敢問我怎樣，妳是頭殼壞掉囉！

「這樣鐵定大受注目！穿成這樣，應該每個人都會拿宣傳單了吧！」

「穿成這樣在學校裡晃來晃去，可是會遭來異樣眼光喔……。奇怪，長門怎麼不用穿？」

「我只有買兩套而已。因為是還有加配備的整套服裝，所以很貴的。」

「妳在哪裡買到這種東西的？」

「在網路上買的。」

「……原來如此。」

正奇怪春日怎麼比平常還高時，才發現她細心地連黑色高跟鞋也穿上了。

春日抓起塞滿了傳單的紙袋說：

「要走嘍，實玖瑠。」

雙手交叉放在胸前的朝比奈哀求似地望著我。然而我只是呆呆地望著她那身兔女郎裝扮。

對不起，我真的忍不住。

有如小孩子般抽咽的朝比奈拚命抓住桌子不想走，可是她怎麼抵擋得了春日的蠻力，不一會兒就隨著微弱的悲鳴被春日拉走，兩名兔女郎就這麼從教室裡消失了。正當被嚴重的罪惡感折磨的我，無力地打算坐下來時——

「那個！」

長門有希指了指地上。仔細一看才發現地上躺了兩堆隨意丟棄的水手服……咦，那不會是胸罩吧？

然後，短頭髮的眼鏡女沈默地指向一旁的衣櫃，接下來就像交代完所有事般地繼續看書。

妳不會自己收喔！

我嘆著氣一面撿起春日她們的衣服，一面放進櫃子裡。呃，還有體溫咧，摸起來溫溫的！

三十分鐘後，精疲力盡的朝比奈回來了。哇啊，她的眼睛就像兔子一樣紅通通的，看來我還是先別說話好了。我慌慌張張地將椅子讓出來，只見朝比奈像上次一樣趴在桌子上，然後肩膀開始劇烈地抖動起來。看來，她連換衣服的力氣都沒有了。可是，面對那片裸露的背部，實在叫我不知道該看哪裡。於是，我脫下制服外套，蓋在她那白皙且不停顫抖的背上。不斷哭泣的少女和完全對外界沒反應的讀書蟲，再加上慌張到不行的我，將室內的氣氛搞到最低點。遠處傳來棒球社不明所以的怒吼聲。

就在我開始思考今天晚餐要吃什麼時，春日終於回來了。她一踏進教室就破口大罵：

「氣死我了！搞什麼鬼啊，臭老師！就只會妨礙我做事，可惡！」

搞不清楚她為什麼這麼生氣的我，隨即開口詢問：

「是不是出了什麼問題？」

「混蛋！我們的傳單都還沒發到一半，就來個混蛋老師叫我們不要再發了！搞什麼鬼啊，他是什麼東西啊！」

廢話！穿著兔女郎的衣服在校門口發傳單，老師會不管才有鬼咧！

「那時實玖瑠立刻就哭出來了，我也被帶去訓導處，然後手球社的笨蛋岡部就來了。」

相信訓導主任跟岡部看到妳時，視線一定不知道要擺哪裡！

「總之就是氣死我了!今天就到此為止，閃人了!」

不慌不忙取下兔耳朵的春日踱了踱地板後，便動手脫起兔女郎的衣服，我看到後立刻衝出教室。

「妳是要哭到什麼時候啦!好了，快點站起來換衣服了!」

我靠在走廊的牆上，等她們兩人換好衣服。看來春日並不是愛露，只是她根本不知道自己半裸的模樣對男生有什麼樣的影響。她打扮成兔女郎並不是想表現煽情的一面，純粹是想引人注意而已。

照這樣下去，她鐵定無法談正常的戀愛。

真希望她能多顧慮一下男生的想法，至少替我想一下嘛!老實說，跟這種沒啥神經的人相處，還真是累人。另外，也為了朝比奈，我必須如此祈禱。對了……長門，妳好歹也發表一下意見嘛!

片刻後，從教室裡走出來的朝比奈，表情就像如果不搭著扶手就站不起來的落榜生一樣悽慘。因為想不出該跟她說什麼，我只好沈默地站在一旁。

「阿虛……」

她那縹緲的聲音就像沈沒在深海裡的豪華客船上的亡靈發出來的。

「……如果我嫁不出去，你應該會娶我吧……?」

這，我該說什麼呢？還有，怎麼連妳也這麼叫我啊！

朝比奈用彷彿生鏽機器人般的僵硬動作，將制服外套拿還給我。正想她會不會埋在我懷裡哭時，她已經愁眉苦臉走了。

真是遺憾！

第二天，朝比奈請假了。

原本在校內就很出名的涼宮春日，在兔女郎事件後，其名號和詭異的行徑已經是無人不知無人不曉。不過，我倒不是很介意，畢竟我不需要替春日奇特的行為負責！

我比較介意的是，涼宮春日的所作所為，害得大家開始議論起朝比奈實玖瑠，以及眾人投射在我身上的異樣眼光。

「阿虛啊……，看來你跟涼宮相處得還挺愉快的嘛……」

下課時，谷口語帶憐憫地說。

「沒想到你能跟她成為好朋友……，看樣子世上真是無奇不有呢！」

吵死了！

「我昨天真的嚇了一大跳！打算回家時竟然看到兔女郎，當時我還以為自己在作夢咧！」

接下來說話的人是國木田，他手上還拿著那張眼熟的傳單。

「這個ＳＯＳ團到底是什麼？又打算要幹嘛？」

去問春日，我什麼都不知道，也不想知道。就算知道了，也不想講！

「上頭雖然寫著要我們提供不可思議的事件，不過具體來說到底是什麼？還有，什麼不接受普通的不可思議事件，什麼跟什麼呀！」

就連朝倉涼子都來摻一腳。

「你們好像在做什麼有趣的事耶！不過，如果是違反善良風俗的事，我勸你們最好趕快停止。老實說，你們昨天做的實在太過火了。」

早知道我今天也請假好了！

春日她還在生氣。一方面是為了發傳單遭到勸阻，另一方面則是直到今天放學後，ＳＯＳ團的信箱連封伊妹兒都沒收到。原本以為信箱裡至少會有一、兩封惡作劇的郵件，沒想到大家卻比我想像得還要理智。或許大家都不想跟春日扯上關係，搞得自己一身腥吧？

春日皺著眉頭望著空無一物的信箱，用力搖晃著光學滑鼠。

「為什麼都沒人寄信來?」

「昨天沒人寄,今天也沒有!或許大家都有什麼不可告人的謎樣體驗,只是無法信任我們這種看起來可疑到極點的社團吧。」

我無力地說著。

請問你有什麼不可思議的謎樣體驗嗎?有的。噢,實在太棒了,請你告訴我。好的,其實是……。

拜託,根本不會有這種事發生好嗎!妳給我聽好了,春日!那種事情只會在漫畫或是小說中發生,現實生活是非常殘酷且嚴肅的。像是在縣立高中一角正進行著毀滅地球的可怕陰謀,或是異種生物在恬靜的住宅區徘徊,還是深山裡其實埋藏著一艘宇宙船這類事,是絕不可能發生的,不可能!妳了解了吧?妳其實應該懂吧?其實妳的脫序行為只是因為鬱卒的不滿情緒無處發洩而導致的,對吧?不過,妳也該清醒了。趕快找個好男人跟妳一起放學回家,然後禮拜天帶妳去看電影。要不然就加入運動社團,好好發洩妳過多的精力。以妳的條件,一定馬上就可以成為正式選手,活躍於社團中。

……,本想講更多的,不過差不多講了五行左右就覺得春日的拳頭快揮過來了,所以還是就此打住。

「實玖瑠今天請假啊?」

「說不定以後再也不會來了。她實在太可憐了，希望昨天的事不會造成她心理的創傷。」

「可惡，人家今天特地準備新的服裝要讓她換耶！」

「妳不會自己穿喔！」

「我當然也會穿啊！不過，實玖瑠不在實在太無聊了。」

長門有希有如透明人般地幾乎跟桌子融為一體。奇怪，妳幹嘛那麼執著於朝比奈，不會替長門換衣服，逼她陪妳玩啊？雖然不該說這種話，不過我倒還真想看看一臉冷淡的長門穿兔女郎裝的模樣。鐵定跟愛哭的朝比奈有著截然不同的感覺。

春日期盼的轉學生終於出現了！

春日在早上班會開始前的短暫時間裡，告訴了我這個消息。

「你不覺得很棒嗎？他真的來了耶！」

春日興奮地探身向前跟我說著，那燦爛的笑臉有如終於得到渴望已久的玩具似的幼稚園小朋友。

雖然不曉得她是從哪裡聽說的，不過那名轉學生在今天轉入一年九班。

「真是個千載難逢的好機會。雖然沒有同班有點可惜，不過他鐵定就是個謎樣的轉學生，絕不會錯！」

根本沒見過面，妳又知道人家是謎樣的轉學生了？

「我之前不是說過了嗎？在學期中轉學的人，有非常高的比例是有問題的人。」

這份統計是誰做的？我看也是個謎吧！

要是所有在五月中旬轉學的人都有問題，那日本全國的謎樣轉學生不就多得數不清了？

可是，春日的想法是無法用常理來評斷的。第一節下課鐘響，春日便立刻衝出教室。她一定是跑到九班去看那個謎樣的轉學生。

然後，在上課鐘聲響起前，堆滿一臉複雜表情的春日走了回來。

「是不是個謎樣的轉學生啊……？」

「嗯……感覺不太像。」

那是當然的啦！

「雖然我有跟他說了點話，但資訊還是不足。說不定他戴了面具偽裝成普通人，我覺得可能性很高。畢竟沒有人會在轉學當天就暴露真實身分，等下一節下課，我再去問問看。」

不要再問了啦！可以想像九班的同學一定嚇死了。跟班上完全沒交集的春日突然出現，然後隨便抓一個人問「轉學生在哪裡？」後，就直接往對方衝去；要不然就是趁人家與朋友和樂融融地聊天時，突然插進人家的談話裡，然後衝向飽受驚訝的轉學生，連珠砲似的逼問對方

「你從哪裡來？你到底是誰？」

這時，我突然想到另一件事。

「轉學生是男的還是女的？」

「雖然有變裝的可能性，不過看起來像是男的。」

那就是男的啦！

看樣子，SOS團或許有機會募集到除了我以外的男性社員。春日有可能會因那名男同學剛轉學，不問他的意見強邀他入社。可是，對方可能不會像我跟朝比奈那麼好說話。她真的有辦法把他帶來社團教室嗎？就算春日真的很強勢，但主觀意識強的人才不會理會她呢！

畢竟只要湊足人數，那「讓世界變得更熱鬧的涼宮春日團」的白癡同好會就得以成立。而到時不管校方是否承認，得為這個同好會奔跑的人，十之八九是我！而往後的三年間我就得背負「涼宮春日的手下」這個名號，悲慘地過日子了。

儘管現在還沒想好畢業後要幹嘛，但隱約有想過以後一定要唸大學，所以非得好好注意自己的言行才行。可是，只要跟春日在一起，這個願望似乎永遠不可能實現。

到底該怎麼辦？

完全想不出辦法。

我知道自己該硬架著春日，要她解散ＳＯＳ團的。然後盡最大能力說服她，讓她過正常的高中生生活。不要再滿腦子想著外星人或未來人，隨便找個男人談場戀愛，或是參加運動社團活動活動身體，平凡地度過這三年的高中生涯。

唉，要是能做到的話，該有多好啊！

要是我有絕對的意志力跟行動力，就不會被涼宮春日這波急流捲進奇妙的海洋裡無助地飄蕩。那樣我就能平安地渡過這平凡的三年，平凡地畢業。

……應該可以吧！

不過，我現在會講這些，就是因為後來我身上發生了很多不平常的事，相信大家應該能了解吧？

該從哪裡說起呢？

嗯，就從那個轉學生來我們社團教室開始說好了。

第三章

因謎樣的兔女郎二人組而打響名聲的朝比奈，在休息一天後，又非常勇敢地出現在社團教室裡了。

反正現在還沒啥像樣的社團活動，所以我就把深埋在家中某處的黑白棋（註：類似於五子棋般由兩人對弈的遊戲）帶來，然後和朝比奈有一搭沒一搭地邊聊天邊下棋。

雖然網頁做好了，但卻因無人造訪、無人來信而成為無用的廢物。電腦除了偶爾上上網外，幾乎沒有其他的用途。要是讓電腦研究社的人知道了，他們鐵定會哭死。

我和朝比奈就在一如往常般坐在椅子上看書的長門有希旁邊，堂堂展開了第三局決鬥。

「涼宮同學好慢呢！」

目不轉睛望著盤面的朝比奈小聲說道。

見她臉上並沒有絲毫難過的神情後，我便安心了。不管怎麼說，能跟雖然大自己一屆，卻長得相當可愛的女孩子共處一室，總是令人雀躍的事。

「因為今天有個轉學生，所以她八成是去勸他入社吧？」

「轉學生？」

朝比奈有如小鳥般微傾著頭。

「一聽到九班有個轉學生，春日就好高興。看來，她真的很喜歡轉學生呢！」

我放下一顆黑子並將白子翻面。

「嗯哼……」

「對了，朝比奈學姊，沒想到妳今天還會來呢！」

「嗯……雖然有些猶豫，不過因為有點在意，最後還是來了。」

妳之前好像也講過類似的話喔？

「妳在意什麼？」

啪！她用纖細的手指翻了一枚棋子。

「嗯……沒什麼。」

猛地轉頭一看，發現長門正盯著棋盤看。她的臉有如陶瓷娃娃般動也不動，但眼鏡底下的雙眼深處散發出前所未見的光芒。

「……」

她的那個眼神就像剛出生的小貓第一次看到狗一樣驚奇。我發現她的視線一直追逐著我下棋的手。

「……要玩嗎，長門？」

我一出聲，長門便機械性地眨了眨眼睛，然後用不仔細留意根本不會發現的微妙角度輕輕點了頭。然後，我和長門換了位置，坐在朝比奈的身邊。

只見長門抓了把棋子仔細地打量著。在她發現手上的棋子因磁性而黏在一起時，就像嚇到似地縮回了手。

「……長門，妳玩過黑白棋嗎？」

她緩緩地搖搖頭。

「那妳知道規則嗎？」

答案是否定的。

「就是啊，因為妳拿黑棋，所以要把棋子放在盤面上包夾白棋。然後被包夾的白棋會變成黑棋。最後看盤面上誰的棋子多，誰就獲勝了。」

她點了點頭。然後，就見長門優雅地將棋子放上盤面，並有點笨拙地將對手的棋子翻面。

對手換了之後，朝比奈便開始焦慮起來。我發現朝比奈的手指正在微微顫抖，而且還不敢抬頭看長門。朝比奈只敢用眼睛的餘光偷瞄她，接著急忙收回視線，這樣的動作重複了好幾次，最後或許是朝比奈無法集中精神的關係，盤面上的黑棋一下子就取得了優勢。

為什麼？朝比奈好像很在意長門，實在搞不懂其中的原因。

不一會兒黑棋便大獲全勝。就在兩人打算進入下一回合時，引起一切混亂的元兇便帶著新的犧牲者回來了。

「嘿，久等囉！」

拉著一名男同學袖口的涼宮春日隨口打了聲招呼。

「這是今天才轉到一年九班的轉學生，他的名字是……」

說到這裡，春日突然停了下來，並露出一副接下來你自己說的表情。而成為俘虜的那名少年，便帶著一抹微笑轉向我們三人。

「我叫古泉一樹。……請多多指教。」

瘦瘦的他給人一種陽光運動少年的感覺。善於應對的笑容，柔和的視線，長得眉清目秀的。要是他能擺個姿勢，成為超市傳單上的模特兒，相信一定會有一票擁護者。如果他的個性又好，鐵定會廣受歡迎。

「這裡就是SOS團的社團教室，我是團長涼宮春日，他們則是團員一、二、三號。附帶一提，你是第四號。各位，記得要相親相愛喔！」

與其那樣隨便地介紹，倒不如不要介紹算了！大家根本只聽到妳跟那個轉學生的名字。

「要我加入也是可以啦！」

轉學生古泉一樹沈穩地笑道：

「這是什麼樣的社團？」

如果現場有一百個人，鐵定每個人都會問同樣的問題。其實，也有好多人問過我這個問題，可是我怎麼樣都答不出來。要是有誰能夠巧妙地說明這個社團到底在幹嘛，鐵定具有當騙子的天份！可是，春日卻不為所動，甚至還露出得意的笑容望著我們說：

「就讓我來告訴你SOS團是個什麼樣的社團吧，那就是……」

只見春日用力地吸了口氣，然後充滿戲劇效果地吐出了駭人的真相。

「找出外星人、未來人，以及超能力者，然後跟他們一起玩！」

此刻，全世界的時間彷彿都停止了。

這樣的說法誇張了些，我只是單純地心想：「果然不出我所料。」不過，他們三人似乎不這麼認為。

朝比奈完全愣住了，眼睛和嘴巴都張得老大地瞪著一臉燦爛笑容的春日。長門有希也一樣，將臉轉向春日後，就像電池沒電似地動也不動。讓我感到意外的是，長門的眼睛有稍微張開了一點點，這對平常臉上根本沒啥表情的她而言，已經算是出乎意料的表現了。

而剩下的古泉一樹，則露出了不知是微笑、苦笑還是驚訝的難懂表情。片刻後，古泉比任何人都還快回過神。

「啊，原來如此。」

他有如領悟到什麼似地低喃，並看了一下朝比奈和長門有希，然後理解地點了點頭。

「真不愧是涼宮同學。」

說完這句意味不明的感想後，又接了一句：

「沒問題，我加入，今後還請大家多多指教。」

他露出潔白的牙齒笑道。

喂！你真的能接受她的說明啊！你真的有聽進去嗎？

發現我一臉疑惑的古泉，突然朝我伸出手來。

「我是古泉。因為才剛轉學過來，所以會有很多不懂的地方，還請您多多指教。」

我也伸出手來握住說起話來彬彬有禮的古泉。

「啊，我是……」

「他叫阿虛。」

春日擅自介紹起我來，並指著其他兩人接著說：「那個長得很可愛的是實玖瑠，另一個戴眼鏡的女生是有希。」

砰咚！

一陣沈重的聲音響起。原來是慌張地想起身的朝比奈被鋼管椅絆了一下，額頭撞到棋盤的聲音。

「妳沒事吧？」

古泉擔心地問。朝比奈猶如波浪鼓似地用力搖了搖頭，然後雙眼晶亮地望向轉學生。唔！我實在不喜歡朝比奈看他的眼神。

「……沒事。」

發出細如蚊聲的朝比奈，害羞地看著古泉。

「好了，這樣我們就有五個人了。這麼一來，學校就無話可說了！」

春日接著說道：

「唉呀，咱們ＳＯＳ團即將撥雲見日囉！各位，讓我們同心協力，努力往前邁進吧！」

什麼撥雲見日啊，小姐？

回過神來，才發現長門不知什麼時候已坐回老位置上繼續看她的精裝書了。長門，春日擅自把妳當成團員耶，妳難道無所謂嗎？

當春日說要帶古泉參觀校園而帶他離開後，朝比奈也說有事要回家，所以教室內就只剩下我跟長門而已。

現在我既沒有心情玩黑白棋，觀察長門看書也沒啥樂趣，乾脆回家好了，於是我提起書包並跟長門道了聲再見。

「先走囉！」

「那本書你看了嗎？」

聽她這麼說，我不禁停下腳步。轉頭一看，發現長門有希以無神的眼光望著我。

那本書？啊，妳是指上次借我的那本超厚的精裝書嗎？

「沒錯。」

「啊，我還沒看……我還是先還妳吧？」

「不用還我沒關係。」

長門的話總是非常直截了當，所有想表達的意思全都包含在一句簡短的句子裡。

「今天記得看。」

長門淡淡地說著。

「回家後馬上看。」

但語氣中卻帶了點命令似的口吻。

雖然我平常除了國語教科書外，根本不看小說，不過既然長門都這麼推薦了，書的內容鐵定很有趣。

「……知道了啦！」

聽到我的回應後，長門的視線又轉回去繼續看書了。

所以，我現在才會在黑暗中拚命地騎著腳踏車。

和長門道別回到家的我，在吃過晚餐後，便回到房間看那本幾乎是她硬塞給我的外國科幻小說。正當我迷失在密密麻麻、分為上下兩欄的茫茫字海中而感到暈眩不已，不禁隨意翻著內頁，懷疑自己是否能看得完這本書時，一張書籤就這麼掉落在地毯上。

那是一張上面印著花朵圖案的奇異書籤。隨手將書籤翻面，卻發現背面寫了一行字。

『晚上七點，在光陽園車站前的公園等你』

上頭寫的字漂亮得像是用文字處理機打的。這淡然的字體，的確有幾分像是長門寫的。其實我也不太確定。

我好幾天前就收下這本書了。所以上頭寫的晚上七點，是當天晚上的七點，還是今天晚上的七點？難不成她覺得總有一天我會看到這張書籤，所以每天都在公園等嗎？長門要我今天晚上看這本書，難道是她認為我今晚會發現這張書籤？既然這樣，為何不直接告訴我？而且我也不懂她晚上叫我去公園幹嘛。

看了看錶，時間剛好過六點四十五分。雖然光陽園車站是離學校最近的私鐵車站，但從我家騎腳踏車去，再快也要二十分鐘。

我大概思考了十秒鐘。

隨後便將書籤放進牛仔褲的口袋，有如兔子般衝出房間下了樓梯。經過廚房時，剛好遇到咬著冰棒走出來的妹妹，問我「阿虛，你要去哪裡？」。在回了聲「車站」後，我趕忙騎上綁在玄關處的腳踏車，往目的地衝去。

要是長門不在那裡，我一定要好好地大笑一番。

看來我是笑不成了。

在認真遵守交通規則的情況下，我直到七點十分才抵達車站前的公園。因為公園離大馬路有點距離，所以這種時間通常沒什麼人。

在電車和汽車的喧囂聲中，我牽著腳踏車走進公園。在等間隔豎立的街燈照明下，我隱約看見長門有希的纖瘦身軀就坐在公園裡的某張木製長椅上。

她真是個存在感稀薄的女生。像她這樣靜靜地坐在公園裡，不知情的人可能會以為她是幽靈耶！

長門就像被細線操縱的人偶一樣，緩緩地站起來。

她身上還穿著制服。

「很慶幸我今天終於來了吧？」

她點了點頭。

「妳該不會每天都在這裡等吧？」

她又點了頭。

「……是在學校不能說的事嗎？」

長門點了點頭後，走到我面前。

「這邊。」

丟下這幾個字後，她便邁步向前。她走路的方式簡直像忍者一樣，完全沒有腳步聲。而我只能無奈地跟在融入夜色中的長門背後走著。

望著她被微風吹得輕輕晃動的短髮走了幾分鐘後，我們來到距離車站非常近的一棟分售型公寓。

「就是這裡。」

只見長門拿出通行證朝玄關處的電子感應器刷了一下後，玻璃大門就打開了。我將腳踏車放在旁邊，緊跟在已朝電梯走去的長門後面。搭乘電梯時，長門若有所思卻不發一語，只是靜靜地盯著數字按鍵。電梯最後來到了七樓。

「請問，我們要去哪裡啊？」

為時已晚，不過我還是問了。緩步走在長廊上的長門開口了：

「我家。」

我猛地停下腳步。等一下！長門為什麼要我到她家啊？

「放心，我家裡沒人。」

等等，這句話是什麼意思？

長門打開708號房，然後轉頭直視著我。

「進去吧。」

真的假的？

我盡可能佯裝冷靜，然後戰戰兢兢地走進屋裡。就在我脫掉鞋子跨入室內時，長門隨即關上了房門。

突然有種誤上賊船的感覺，因關門聲而湧起不祥預感的我慌忙地轉過頭。

「裡面請。」

而長門只是淡淡地這麼說，接著便甩掉了自己的鞋子。要是屋內一片漆黑，我就能趁機逃走。可惜事與願違，此刻屋內燈火通明，將寬廣的房子照得更加空曠。

這大概是3LDK（註：三房二廳一衛的房子）的房子吧？而且還在車站前，相信房價一定很貴。

但為何屋內感覺好像沒人住過？

除了剛剛經過的客廳擺了張暖被桌外，其他什麼都沒有。沒有窗簾，十張榻榻米大小的木質地板也沒鋪上地毯，露出茶色的木紋。

「坐吧！」

長門在走進廚房前這麼說道，我也只好在暖桌旁盤腿坐了下來。

正當我納悶著長門為什麼要趁家人不在時邀我去她家時，她便如同端茶娃娃似地將熱茶端到桌上，然後面對我坐下。

之後，便是難熬的沈默。

她甚至沒替我倒茶，只是面無表情地望著我。看她這樣，我內心越來越不安。

由我先說點什麼好了！

「啊……妳的家人呢？」

「沒有。」

「呃，一看就知道他們不在家……。他們是外出嗎？」

「打從一開始就只有我一個人而已。」

這是我第一次聽長門講這麼長的句子。

「妳該不會是一個人生活吧？」

「沒錯。」

哇啊，一個才唸高一的女生獨自住這麼高級的公寓！一定是有什麼特別的原因吧？不過，用不著跟長門的家人見面，倒是讓我鬆了一口氣。呃，不對！現在可不是安心的時候啊！

「對了，妳找我到底有什麼事？」

長門就像突然想起來似地在茶杯中倒茶，然後將它推到我面前。

「喝吧。」

我乖乖喝了茶。可是，過程中長門一直用觀看動物園裡的長頸鹿般的眼神打量我，讓我實在無法專心喝茶。

糟了，有毒！……這當然是不可能的啦！

「好喝嗎？」

她首次用疑問句對我說話。

「嗯……」

當我喝完熱茶將杯子放在桌上時，長門立刻再替我倒滿。既然她都倒了，我也只能把它喝掉。在我喝完時，她又替我倒了第三杯。最後陶壺空了，長門起身一副打算再去續壺的模樣。我見狀連忙阻止她。

「不用再替我倒茶了，能不能請妳告訴我為何帶我來這裡？」

當我說完後，長門立刻停止動作，接著像錄影帶倒帶似地重新坐回原來的位置。但她還是不說話。

「什麼事不能在學校講呢？」

我試探性地問。終於，長門動了她薄薄的嘴唇。

「是關於涼宮春日，」

她挺直了背脊，姿勢優雅地正坐著。

「還有我。」

她停頓了一下。

「我想要告訴你。」

說完後，又停了一下。

她的說話方式真讓我搞不懂。

「關於涼宮跟妳的什麼？」

這時，長門露出了有點為難的表情。這還是自我認識她以來，第一次看到她出現這樣的表情。不過，她臉上的情緒起伏僅是幾毫米單位的差異，不仔細看是絕對看不出來的。

「我無法用言語完整地表達，而且在資訊的傳達上或許會有些差錯，但還是請你先聽一下。」

「涼宮春日跟我都不是普通人。」

她劈頭就是一句莫名其妙的話。

「我或多或少感覺得到啦。」

「不是的。」

長門望著安放在膝蓋上的手指說著：

「我並不是指性格上的普遍差異，而是純粹指字面上的意思。她跟我都不是像你一樣的普通人類。」

實在搞不懂她在說什麼。

「由統括這個銀河系的資訊統合思念體，製造出來與有機生命體接觸用的聯繫裝置外星人，就是我。」

「……」

「我的工作就是觀察涼宮春日，將得到的資訊上傳給資訊統合思念體。」

「……」

「打從我出生這三年來都一直這樣度過。這三年裡，並沒有發現什麼特別的不確定要素，非常地穩定。可是，最近卻發現涼宮春日身邊出現了許多不容忽視的異常因子。」

「……」

「那就是你！」

所謂的資訊統合思念體就是，

在銀河系，甚至是全宇宙如此廣大的資訊大海裡，存在著許多沒有肉體的超高知性資訊生命體。

他們最初是以資訊的型態誕生，然後各種資訊相互結合後會產生意識，最後再靠擷取其他資訊進化。

沒有實體，只能以資訊型態存在的他們，就算用最先進的光學檢驗方式，也完全無法觀測出來。

幾乎和宇宙同時誕生的他們，隨宇宙的膨脹而擴大，相對的資訊網也逐漸寬廣、巨大化。

對於最早在地球，不，應該說太陽系形成前的遠古時代，便熟知全宇宙的他們來說，這顆位於銀河系邊境的星球根本沒什麼特別。因為存在著有機生命體的星球，除了這裡以外還有許多，數也數不清。

不過，隨著這顆第三行星上進化成功的兩足動物，萌發了名為知性的思索能力後，目前棲息在行星上的生命體使這顆被稱為地球的酸性行星變得日漸重要。

「因為長期以來，我們都認為無法在資訊收集和傳達能力有限的有機生命體身上發現知性。」

長門有希一臉認真地說著。

「統合思念體對生活在地球上的各式各樣生命體非常感興趣。他認為說不定能藉著觀察，來解開自身深陷的自律進化閉塞狀態。」

人類和從發生階段就以完全型態存在的資訊生命體不同，先以不完全有機生命體誕生，然後急速自律進化，大量增加既有的資訊，同時創造新的資訊並進行加工、儲存。

存在於宇宙各地的有機生命體擁有意識是非常普遍的，不過只有地球人持續進化到擁有高度知性。因此，對這點非常在意的資訊統合思念體，便持續觀測地球人。

「三年前，我們發現行星表面出現了不同於其他人類的異常資訊亮點。從弓狀列島某一區域所噴射出來的資訊火花，瞬間覆蓋了整顆行星，並朝行星外的空間擴散。而中心點就是涼宮春日。」

我們不懂為什麼會這樣，也不知道會有什麼影響。就連資訊生命體也無法分析出其中的涵義，只能把那當成單純的廢物資訊而已。

更重要的是，在理應只能擷取有限資訊的地球人中，只有涼宮春日一人會產生資訊奔流的狀況。

從涼宮春日身上產生的資訊奔流之後仍間歇性持續，無規律可循。而且，涼宮春日自己也沒察覺到這件事。

這三年來，我從各種角度針對涼宮春日這個個體進行調查，但直到現在還是無法掌握她的確實身份。同時，有部分的資訊統合思念體已經認定她是資訊生命體自律進化的關鍵，持續在對涼宮春日進行解析……。

「身為資訊生命體的他們因為沒有語言能力，所以無法和有機生命體直接接觸。但如果不藉由語言，根本無法與人類溝通。所以資訊統合思念體才會創造我來擔任他們與人類溝通、接觸的橋樑。」

終於，長門端起自己的茶杯喝了口茶。剛才那些話說不定已經是她一整年的說話量了。

「……」

我完全無法接話。

「涼宮春日身上可能隱藏著自律進化的可能性，說不定甚至擁有操縱周遭資訊環境的能力。而那就是我出現在這裡的理由，也是你出現在這裡的理由。」

「等一下！」

腦袋一片混亂的我插嘴道：

「我就直說了，我完全不懂妳在說什麼。」

「請相信我。」

長門用一種前所未見的認真表情望著我。

「能用言語傳達的資訊非常有限。我只不過是資訊的末端，不過是個跟人類接觸的有機外星人罷了。我實在無法將統合思念體的思考完全傳達給你知道，希望你能諒解。」

就算妳這麼說，我還是不懂啊！

「我不懂，為什麼找上我？就算我相信妳是那個什麼體創造出來的外星人，但妳為何要告訴我這件事呢？」

「因為你被涼宮春日挑中了。不管她是有意還是無意，都能憑自己的意志以絕對資訊體的身份影響周遭的環境。你之所以會被選中，一定有什麼特別的理由。」

「才沒有咧！」

「有的。或許對涼宮春日而言，你是個重要的關鍵人物。你和涼宮春日都掌握著無限的可能性。」

「妳是認真的嗎？」

「當然！」

我第一次這麼認真地打量長門有希的臉。原以為一直以來都不愛講話的長門終於打開話匣子了，沒想到不說則已，一開口盡說些我聽不懂的話。雖然本來就覺得她是個怪人，不過聽完她剛才的那番話後，才發現她的怪異遠遠超乎我想像。

資訊統合思念體？聯繫裝置外星人？

要什麼白癡啊！

「對了，我覺得這些話妳最好直接跟春日講，她一定會很高興的。老實說，我對這些話題實在不怎麼感興趣，真不好意思。」

「統合思念體的意識大多認為，如果涼宮春日察覺到自己的存在價值和能力，鐵定會發生難以預測的危險，所以現階段就只在一旁觀察而已。」

「說不定我會把聽到的一切告訴春日啊！我實在不懂，為何妳要跟我說這些？」

「就算你告訴了她，相信她也不會重視的。」

的確有可能。

「資訊統合思念體安置在地球上的外星人不只我一個。統合思念體的意識打算積極行動，觀測資訊的變動狀態。對涼宮而言，你是重要的關鍵人物，倘若危機逼近時，一定會先找上你。」

恕我無法奉陪。

請恕我先告退了，茶非常好喝，謝謝妳的招待。

見我起身要走，長門並沒有阻止我。

她只是低垂著雙眼望著茶杯，表情又恢復平日的淡漠。八成是我的錯覺吧！我竟然覺得她看起來有些寂寞。

當老媽問我去哪裡時，我隨口應了一聲後就回到自己的房間。躺在床上，我開始回想起長門說的一切。

要是我信了她的話，那長門有希豈不就是人類以外的生命體，也就是外星人了。

那可是涼宮春日所日夜期盼、拼命追求的不可思議的東西呀！

想不到遠在天邊近在眼前。真是踏破鐵鞋無覓處，得來全不費功夫啊。

……哈哈哈！呿，真像個白癡！

眼角的餘光發現那本被丟在角落的精裝本小說。把它連同書籤拾起，順便看了看封面的插畫，接著就放在枕頭邊了。

長門鐵定是因為老是一個人關在公寓裡看這種科幻小說，所以才會產生那種奇怪的妄想。想必她在教室裡一定也不跟任何人說話，完全縮在自己的殼內。她應該先把書放在一旁，放寬心去交些朋友，享受一下正常的校園生活之樂才是。她的面無表情是與人相處的致命傷，我想她的笑容應該會很可愛才對。

明天就把這本書帶去還她好了……。算了，既然都借了，就乾脆看完吧！

隔天放學後。

因為當值日生的關係，比較晚到社團教室的我，看到了春日正在玩弄朝比奈。

「不要亂動啦！唉喲，都叫妳乖乖不要動了！」

「不……不要……救命啊！」

春日把不停反抗的朝比奈的衣服幾乎扯掉。

「哇啊！」

發現我走進教室的朝比奈開始放聲大叫。

在發現朝比奈渾身上下只剩一套內衣時，我連忙關上開了一半的門。

「抱歉。」

後來，在門外等了十分鐘左右，屋內朝比奈可愛的尖叫與春日愉悅的聲音二重奏才消失，取而代之的是春日叫喚的聲音。

「好了，你可以進來了。」

於是，我走進教室，沒想到卻當場愣住。

裡頭竟然有個女侍！

做圍裙裝扮的朝比奈含淚坐在鋼管椅上，哀傷地望了我一眼後，隨即低下了頭。

白色圍裙配上大裙襬的澎澎裙和女用罩衫，白色絲襪更顯出她的楚楚可憐。戴在頭上的蕾絲頭巾和綁在腦後的大蝴蝶結，更增添了幾分嬌媚。

真是個無可挑剔的女侍啊！

「怎麼樣，可愛吧？」

春日就像在誇耀自己手藝似地輕撫朝比奈的頭髮。

我心裡自然是大表贊同。雖然對表情哀傷的朝比奈不好意思，不過她看起來真的好可愛。

「好，就這樣打扮吧！」

才不好呢！朝比奈小聲地抗議，然而我卻假裝沒聽到地轉頭跟春日說話。

「為什麼要把她打扮成女侍？」

「女侍裝扮才誘人嘛！」

又在講別人聽不懂的話了！

「我可是想了很久才這麼做的。」

妳的想很久就等於沒想一樣！

「在以學校為舞台的故事裡，一定會有一個像實玖瑠這種惹人憐愛的角色。換句話說，就是有這種角色，故事才能順利展開。聽懂了吧？實玖瑠原本就是既柔弱又可愛，不過把這種身材好的可愛女生，做女侍打扮，才更能引人上勾。任誰看了，都會愛上她。這麼一來，我們就贏定了！」

妳是想贏什麼啊，小姐！

正當我楞在原地說不出話來時，春日拿起不知從哪兒變出來的數位相機開始拍起紀念照。

只見滿臉通紅的朝比奈不停地搖頭。

「不要拍啦……」

朝比奈，就算妳雙手合十地苦苦哀求春日也是白費功夫的，因為她是那種說要做就一定會做的人。

果然，春日硬逼著苦苦哀求的朝比奈擺出各種姿勢，好讓她拍照。

「嗚嗚……」

「眼睛看這邊。下巴稍微收一下，雙手揪住圍裙。沒錯，沒錯，再笑開一點！」

春日不停地對朝比奈下達指令，同時瘋狂地按著快門。要是我問她數位相機是從哪裡來的，她鐵定會回答從攝影社借來的。其實是搶來的吧？

在春日瘋狂的攝影秀一旁，長門有希一如往常坐在老位子上看書。儘管昨晚她對我說了一堆奇怪的話讓我有些錯愕，但看她今天又恢復平時的冷淡，我便安心了不少。

「阿虛，換你來拍。」

春日將數位相機拿給了我，然後轉頭望向朝比奈。接著，她便像偷偷接近水邊小鳥的鱷魚一樣，猛力地摟住朝比奈嬌小的肩膀。

「呃……」

春日朝縮了一下身子的朝比奈微笑。

「實玖瑠，動作再誘人一點嘛！」

話才說完，春日便將女侍服胸前的緞帶扯掉，然後一口氣將罩衫胸前的鈕釦解到第三顆。瞬間，朝比奈碩大的胸脯便露了出來。

「等等，不……妳幹嘛啦……！」

「好啦，有什麼關係嘛！」

當然有關係啊，小姐！

最後，朝比奈被迫將雙手擺在膝蓋，身體微微往前彎。當我看到她那與嬌小的身軀及可愛的娃娃臉極不相稱的豐滿胸部時，隨即轉開視線。可是，這麼一來就沒辦法拍照了。於是，我只好極其無奈地望向鏡頭，依照春日的命令不停地按下快門。

可憐的朝比奈被迫擺出各種強調胸部曲線的姿勢，臉頰因害羞而通紅。不過，明明都快哭出來了，還無奈又笨拙地露出微笑的她，卻散發出不同於平時的魅力。

糟了，我好像快愛上她了。

「有希，眼鏡借我一下。」

只見長門有希緩緩抬起頭來，接著慢慢地摘下眼鏡交給春日，接著又緩緩地將視線移回書上。妳這樣還能看書啊？

春日接過眼鏡後，便將它戴在朝比奈的臉上。

「眼鏡不要戴得太正感覺比較好。嗯，這樣就很完美了！戴著眼鏡的清純、巨乳女侍！阿虛，記得多拍點喔！」

姑且不論拍與不拍這個問題，妳到底要朝比奈扮成女侍的照片幹嘛？

「實玖瑠，以後妳來參加社團時，都要穿這套衣服喔！」

「哪有這樣的……」

朝比奈拚命表達拒絕的意思，可是春日卻一把抱住她，不停磨蹭她的臉頰。

「誰叫妳長得這麼可愛呢！真是的，就連同是女生的我都忍不住想這麼做了！」

朝比奈尖叫著想逃走，卻無法成功，最後只能任由春日的魔爪盡情地對自己上下其手了。

喂喂，春日，我實在太羨慕妳了。呃，不對不對，我怎麼可以這樣想呢，我應該阻止她才對啊！

「好了，妳也差不多該停手了吧！」

我拉住不停地性騷擾朝比奈的春日，可是她就是不肯放開朝比奈。

「夠了，別鬧了啦！」

「有什麼關係！要不然你也一起來吧？」

雖然我覺得這還真是個好點子，不過當我發現朝比奈的臉色瞬間刷白後，自然不可能這麼答應了。

「哇啊，這是怎麼回事啊？」

回頭一看，才發現出聲的人正是拿著書包站在入口處的古泉一樹。

他興致盎然地望了正把手伸進朝比奈敞開胸口的春日，及緊握著春日的手企圖阻止她瘋狂行為的我，和一身做女侍打扮、不斷顫抖的朝比奈，以及明明沒戴眼鏡卻還能泰然自若地看著書的長門。

「在進行什麼活動嗎？」

「古泉，你來得正好。大家一起來作弄實玖瑠吧！」

妳在胡說什麼啊？

古泉僅是微微地揚起嘴角。拜託，要是你同意春日的提議，你這個人就非常有問題了。

「不了，看起來好像挺可怕的。」

古泉將書包放在桌上，然後搬了張靠在牆上的椅子。

「我可以在旁邊看嗎？」

他兩腿交疊地坐在椅子上，然後一臉看熱鬧似地望著我。

「用不著在意我，請繼續，請繼續。」

不是啦，你弄錯了！我沒有要偷襲她，我是要救她啦！

最後，我終於擠進了春日和朝比奈之間，然後慌忙地接住差點往後倒的朝比奈，在驚訝她體重如此輕的同時，輕輕地讓她安坐在椅子上。朝比奈身上的女侍服已經凌亂不堪，而且她看

起來也十足疲憊。不過老實說，這樣的她真的好誘人。

「好吧，反正已經拍了這麼多張了。」

春日從閉著眼睛、全身無力地癱靠在椅背上的朝比奈那張可愛的臉上摘下了眼鏡，再還給長門。

長門沉默地收下眼鏡，不發一語地重新戴好。昨晚滔滔不絕的那一席話，簡直像是沒有發生過似地。其實，她真的是在騙人吧？她只是對我開了個天大的玩笑而已。

「好了，第一回ＳＯＳ團全員大會開始囉！」

站在團長席椅子上的春日，莫名其妙地突然大叫一聲。妳幹嘛突然鬼叫啦！

「在這之前，我們已經做了很多事了。像是發傳單、製作網站首頁，ＳＯＳ團在校內的名氣也扶搖直上，第一階段的工作算是圓滿成功。」

喂喂，造成朝比奈精神上的莫大損失，算是哪門子的成功啊！

「可是，ＳＯＳ團的伊妹兒信箱裡卻沒有半封有關不可思議事件的信件，也沒有學生來社團找我們商量他們奇怪的煩惱。」

空有知名度是完全不夠的，畢竟大家直到現在都還不知道這個社團到底在幹嘛。總之，大家根本不認同這個社團嘛！

「從前的人說『靜待福報』，不過現在時代已經不同了。就算把整個地表掀起來，我們也要找出屬於自己的福報。所以，大家一起去尋找吧！」

「……找什麼？」

因為沒人發問，所以只好由我主動出擊囉！

「就是找出世上的不可思議事件啊！只要認真找，一定能在市內找到一兩件謎樣現象的！」

妳的想法對我來說才是個謎好嗎，小姐！

我隨即露出無奈的表情，而古泉則若有所思地露出意味不明的笑容，長門依舊面無表情，朝比奈則是露出一臉悉聽尊便、精疲力盡的神情。只有春日不顧大家的反應，依舊用力揮著手大叫。

「這個禮拜六，也就是明天！早上九點在北口車站前集合！大家不要遲到了！如果沒來，就處以死刑！」

唉，又是死刑。

而說到春日到底又是怎麼打算處置朝比奈的女侍裝扮照片呢？不用我說相信各位也該知道，這臭丫頭就是打算把數位相機拍好的照片上傳到網頁上，好引發話題吸引大家。

等我發現時，她正好將朝比奈的照片一口氣全放在首頁歡迎訪客，並準備連個人資料也刊載在上頭。

妳要什麼白癡啊，這麼做可是會驚動很多人的！

我拚命阻止春日的愚蠢行徑，並把所有的畫面全數消除。要是知道自己穿著女侍服、擺出這種性感姿勢的照片流傳到世界各地，朝比奈一定會當場昏倒。

我立刻開始警告她在網路上刊載個人資訊的危險性，而春日竟異常難得地認真望著我、聽我說話，後來她總算理解了似地賭氣地丟下一句：

「我知道了啦！」

接著，才心不甘情不願地同意我把所有檔案拿掉。這種時候，或許該順便把朝比奈的照片全數刪除才對，不過那樣就太可惜了。所以，我便私下在硬碟裡設了個文件夾，然後將朝比奈的照片全都存到裡頭，再設個密碼鎖好。

這可是只有我才能觀賞的！

第四章

開什麼玩笑啊，竟然要我們在假日早上九點集合！

雖然心裡這樣想，但我還是奮力踩著腳踏車衝向車站。唉，我還真是窩囊啊！

北口車站不但是位於市中心的私鐵重要樞紐，而且每到假日，站前的廣場就會聚集許多前來消磨時間的年輕人。其實，除了出城到大一點的都市玩，或在車站附近的大型百貨逛逛之外，根本沒什麼地方可以去。儘管如此，望著路上洶湧的人潮，我還是忍不住感慨，原來每個人都有自己的人生要過。

將腳踏車隨便擱在拉下鐵門的銀行門口（真是太對不起了），然後趕到車站北側的剪票口時，離九點還有五分鐘。不過，其他人都已經到了。

「好慢喔，要罰錢！」

春日探出頭說道。

「明明還沒有九點。」

「就算沒有遲到，最晚來的人也要處罰。這就是規定！」

「我之前怎麼沒聽說。」

「因為是我剛剛才決定的啊。」

穿著略長的T恤加上一條及膝丹寧布裙的春日，看起來十分開心。

「就罰你請大家喝飲料吧。」

一派輕鬆地將雙手插在腰間的春日，感覺比在教室裡板著一張臉的模樣容易親近。無緣無故被坑一頓的我，就這麼乖乖地聽春日的話往咖啡廳走去。

朝比奈穿著白色的無袖連身洋裝，外頭披了件水藍色的針織衫。她一頭微捲的長髮用髮夾固定在腦後，只要一走路就輕輕晃動，感覺相當可愛。嘴邊的微笑就像年輕可愛的姑娘挺直背脊裝成熟般地沈穩，就連手上提的包包也非常時髦。

站在我身邊的古泉則穿了一件粉紅色襯衫，外頭套了一件夾克，並在脖子上繫了條深紅色的領帶，打扮得很正式。雖然覺得礙眼，不過還滿帥的，而且他的個子比我還高。

而一如往常穿著水手服的長門則沈默地走在最後面。儘管她已經完全把自己當成SOS團的一員，但其實應該還算是文藝社的社員。那天晚上，她才在自己的住處跟我說了那些奇怪的話，讓我更加在意她的面無表情。不過，為什麼她連假日也穿著制服呢？

當我們這謎樣的五人組，在面對馬路圓環的咖啡廳最裡面的位子坐下來後，服務生立刻前來為我們點餐，但只有長門一人異常認真地仔細研究菜單——不過，還是面無表情——，遲遲無

法決定。拜託，妳猶豫的時間都夠泡碗泡麵了！

「杏仁茶。」她最後說道。

反正是我請客，點什麼都沒差啦！

春日的提議如下——

接下來我們將兵分兩路在市內搜尋，要是發現任何不可思議的現象，立刻用手機聯絡，然後再會合一同處理事情。等事情全都搞定後，再進行處理過程的反省，以及對今後的展望。

以上。

「那，先來抽籤吧！」

春日從桌上的容器裡取出五支牙籤，然後用跟店裡借來的原子筆將其中兩支標上記號，接著握在手上讓我們抽。我抽中了有做記號的牙籤，朝比奈也是。

「嗯，是這種組合啊……」

不知何故，春日淡淡地看了我和朝比奈一眼，然後大聲說道：

「阿虛，你給我聽著，這可不是約會喔！給我認真點，聽到沒有？」

「我知道啦！」

莫非我不小心露出豬哥樣了？不過，實在太幸運了！只見朝比奈紅著臉凝視著牙籤的前端。太棒了，真是太棒了。

「我們到底要找什麼？」

古泉漫不經心地問道，而他身邊的長門則規律地喝著飲料。

在春日將最後一口冰咖啡喝下肚後，輕輕撥了下耳後的頭髮。

「總之，就是一切可疑的事物。會讓人產生疑惑的事情、謎樣的人類。對了，還有像是進入異次元的地點，以及偽裝成地球人的外星人。」

我差點就把嘴裡的薄荷茶給吐出來。奇怪，坐在隔壁的朝比奈怎麼也露出同樣的表情？不過，長門依舊是面無表情。

「原來如此。」古泉說。

喂喂，你是真的了解嗎？

「總之，就是找出外星人、未來人、超能力者等等在地球上留下的蹤跡，我完全了解了。」

古泉一臉愉快地說道。

「沒錯！古泉，你真是個聰明人啊！就是你說的那樣。阿虛，你該學著點！」

別再助長她的氣焰了！我一臉怨恨地望向古泉，卻見他露出笑容朝我點了點頭。

「好了，該出發囉！」

春日將帳單塞給我後，便大搖大擺地走出咖啡廳。

儘管這句話已經說了很多次，但我還是要繼續說：

「真受不了。」

絕對不能去約會喔！要是給我跑去玩，事後小心我宰了你。丟下這句話後，春日就跟古泉、長門走了。我們兩批人馬分別朝以車站為中心的東西兩方前進。唉，我還是不知道要找啥米碗糕！

「怎麼辦？」

雙手拿著包包目送三人離去的朝比奈望著我說。其實我想直接回家，不過當然不可能。我假裝思考了片刻說：

「嗯，呆站在這裡也不是辦法，先到處晃一下吧？」

「好的。」

朝比奈乖乖地跟我走著。一臉猶豫的她並肩跟我走在一起，有時會不小心碰到我的肩膀，然後急忙閃開。那動作看起來十足純真。

我們沿著附近一條河的河岸漫無目的地朝北走。如果是一個月前來，還能欣賞到落英繽紛的櫻花樹，不過現在只剩無趣的河邊道路而已。

因為這裡是附近散步的好地點，所以走著走著便會遇到熙來攘往的家族和情侶。不知情的人，一定也會以為我們是情侶，而不是準備去找莫名其妙物體的二人組。

「我還是第一次像這樣散步呢！」

望著正在施工的河岸，朝比奈自言自語般地說道。

「什麼意思？」

「……就是和男生，兩個人……」

「真是太讓我意外了，難道妳之前都沒跟任何人交往過？」

「沒有。」

我望向柔軟的長髮迎風飄逸的朝比奈側臉。

「咦，不過應該有很多人向妳告白吧？」

「嗯……」

她害羞地低下頭。

「可是，行不通的，我是不可能跟任何人交往的，至少現在是這樣……」

她突然沈默。在等待她繼續說下去的空檔，已經有三對情侶踩著無憂無慮的步伐從我們身邊走了過去。

「阿虛。」

當我正打算開始細數河面上的落葉時，朝比奈出聲叫住了我。

朝比奈一臉為難似地看著我。然後，她似乎下定決心後說：

「我有話想跟你說。」

她小鹿般圓滾滾的眼睛裡，透露著強烈的決心。

我們在櫻花樹下的長椅並肩坐了下來，但朝比奈卻久久沒開口。在她低著頭自言自語似地低喃完「該從哪裡開始說呢？」、「我又不太會說話」、「說不定他根本不會相信我」後，終於開始說話了。

一開頭她就這樣告訴我。

「其實，我並不是這個時代的人。我是從未來的時代來的。」

「我無法跟你說明我是從什麼時候、哪個時間平面來的。就算我想說也不能說。跟過去的人傳達有關未來的訊息是被絕對禁止的，所以在搭乘時空機之前，都必須接受強烈的精神暗示。只要打算講不該講的事，記憶區塊就會被鎖上。」

朝比奈接著說：

「時間這種東西跟不停流動的河水不同，每段時間都是由不同的平面構成的。」

從一開始就聽不懂了。

「嗯，這樣啊，你試著想像一下卡通片。當我們在看卡通時，是不是覺得裡頭的人物很靈活地在動作，但說穿了那只是由一張張連續動作圖所構成的。時間也跟這個很像，是一種數字化的現象。不過，用一張張靜止畫面的方式來說明，你應該會比較容易得懂。」

「在時間和時間之間，有所謂的斷裂空間。雖然那個斷裂趨近於零，但確實存在。所以時間和時間之間是不具連續性的。」

「而時間移動便是由一個時間平面作三次元方向的移動。來自未來世界的我，在目前這個時間平面上，就如繪製連續動作圖時多畫的一張圖。」

「因為時間不具連續性，所以就算我在這個時代改變了歷史，也不會影響未來。所有的一切都將在這個時間平面上終止。就算在好幾百張的靜止畫面中，替一部份的畫面多寫幾個字，整體的故事也不會有任何改變的，對吧？」

「時間並不像那條河一樣，而是每一瞬間都屬於一個時間平面的數字化現象。你聽得懂我在說什麼嗎？」

我猶豫著該不該按住太陽穴，最後我還是決定按了。

時間平面、數字化，這些其實都無所謂。不過，未來人是怎麼回事啊？

朝比奈望著自己從涼鞋裡露出來的腳趾繼續說下去：

「我來到這個時間平面的理由是……」

這時，一對帶著兩個小孩的夫妻從我們面前走過。

「三年前，我們偵測出會有一次巨大的時間震動發生。嗯，時間大概是從現在往前推三年，也就是阿虛跟涼宮同學升國中的時候。而當時飛回過去調查的我們吃了一驚，因為我們根本無法回溯到更遠的過去。」

怎麼又是三年前啊？

「我們最後做出的結論就是，有個巨大的時間斷層橫亙在兩個時間平面之間。但為何只限於那個時間點，我們也不得而知。直到最近，我們才查出真正的原因。……不，應該說是我所存在的未來時代的最近才對。」

「……究竟原因是什麼？」

罪魁禍首該不會就是那個人吧？我心想。

「就是涼宮同學。」

朝比奈說出了我最不想聽到的字眼。

「她位於第四次元的正中央。請不要問我為什麼，礙於禁止的規定，所以我不能告訴你。不過，確實是涼宮同學把通往過去的道路封閉起來。」

「……我倒不認為春日辦得到那種事……」

「我也不覺得。老實說，一個凡人要干擾時間平面根本不可能。這件事是個解不開的謎，涼宮同學也全然不清楚自己曾做過這樣的事，不曾想過自己竟然會是扭曲時間、造成時間震動的源頭。我之所以接近涼宮同學，就是為了監視她的身邊有沒有產生新的時間異變……抱歉，我找不到更好的形容詞，總之我的工作就是跟監。」

「……」我頓時啞口無言。

「你一定不相信我對吧？」

「不……對了，妳為什麼要跟我講這些？」

「因為你是涼宮同學挑中的人。」

朝比奈上半身轉向我說：

「詳細情形我不便多說。不過，依我的猜想，你對涼宮同學一定非常重要。她的一舉手一投足都潛藏著某種理由的。」

「那長門跟古泉……」

「他們的身份跟我十分接近。不過，涼宮同學應該不知道其實是她自己把我們召集到她身邊的。」

「那妳知道他們到底是什麼來歷嗎？」

「我不能告訴你。」

「要是放任春日不管，會怎麼樣？」

「無可奉告。」

「這麼說，妳既然來自未來，那妳應該知道接下來會發生什麼事吧？」

「無可奉告。」

「要是直接跟春日說呢？」

「恕我無可奉告。」

「……」

「對不起，我真的不能說。尤其是現在的我更沒有權利說。」

朝比奈臉上佈滿了歉疚的表情。

「就算你不相信也沒關係，我只是希望你知道而已。」

前幾天我也在沒啥生活感、靜悄悄的公寓裡聽過類似的話。

「抱歉。」

見我沈默不語，朝比奈似乎沮喪地紅了眼眶。

「抱歉，突然跟你說這些。」

「沒關係啦……」

先有長門對我說她是出自外星人之手的人造人，現在又來個朝比奈坦承自己是個未來人。

這教我該如何相信?誰來幫幫我吧!

當我將手放在長椅上時，不小心碰到朝比奈的手。雖然只碰到她的小指頭，但朝比奈卻像觸電似地迅速收回手，再度低下了頭。

我們就這麼靜靜地望著河面。

然後，不知經過了多久。

「朝比奈學姊。」

「什麼事……?」

「我可以當作這一切都沒發生過嗎?先不管我信不信，暫時先把一切擱置在一邊。」

「好的。」

朝比奈露出了笑容，一個很美的笑容。

「以目前的狀況來說，這是最好的辦法了。今後還請你如同往常一樣地對待我，拜託了。」

說完後，朝比奈便朝我深深一鞠躬。喂，妳未免太誇張了吧!

「可以問妳一件事嗎?」

「什麼事?」

「妳到底幾歲了?」

「無可奉告。」

她調皮地笑了一下。

之後，我們在街上亂晃了一陣子。雖然春日千交代萬交代不能約會，那種話當然是聽聽就算了。我和朝比奈隨意逛逛流行精品服飾店的漂亮櫥窗、大口舔著霜淇淋、逛逛街道旁的飾品攤販……做些普通情侶會做的事來消磨時間。

不過，要是兩人能手牽手，那就更完美了。

就在這時候，我的手機響了，是春日打來的。

『十二點先集合，在剛剛的車站前。』

說完這句話，她就把電話掛斷了。看一下手錶，已經十一點五十分了。這樣哪趕得及啊！

「是涼宮同學嗎？她說什麼？」

「她說還要再集合一次，我們最好快點回去。」

要是看到我們手挽著手出現，春日不知道會露出什麼表情，一定會很生氣吧？

朝比奈扣著針織衫的扣子，以不可思議的表情看著我。

「有什麼收穫嗎？」

我們趕到時大約遲到了十分鐘，春日劈頭就是這句話，而且聽起來還很不高興。

「找到什麼了？」

「什麼都沒有。」

「你真的有用心找嗎？該不會只是到處亂逛吧？實玖瑠呢？」

朝比奈搖了搖頭。

「那你們又發現了什麼？」

春日沈默了。她身後的古泉則一派輕鬆地搔了搔頭，長門只是呆呆地站在原地。

「先去吃飯吧，下午再繼續找。」

妳還想繼續找啊？

當我們一行人在漢堡店吃午餐時，春日又說要分組，接著把剛剛在咖啡廳用過的牙籤拿出來。真是個準備周到的人啊！

古泉的手輕鬆地一閃。

「又是沒記號的。」

好白的牙齒！我老覺得這傢伙一直在笑！

「我也是。」

朝比奈將抽到的牙籤拿給我看。

「阿虛呢？」

「很遺憾，我的有記號。」

心情看起來越來越差的春日，催促著長門盡快抽籤。

抽籤的結果換成我跟長門一組，其他三個人一組。

「……」

春日有如看到殺父仇人似地望著手上沒有記號的牙籤，然後依序看向我及正吃著起司漢堡的長門，氣呼呼地嘟起嘴巴。

妳在氣什麼啊？

「四點在車站前集合，這次一定要找到些什麼！」

說完後，她一口氣將飲料喝光。

這次換成搜尋南北方，我們負責的是南方。分手時，朝比奈還向我揮了揮小手。感覺好溫暖喔！

好了，這次換成我跟長門呆立在午後喧囂的車站前。

「怎麼辦？」

「……」

長門沒有說話。

「……走吧？」

我邁步向前，發現她立刻跟了上來。看來，我已漸漸習慣跟她相處了。

「長門，關於上次妳說的那些話。」

「怎樣？」

「我開始有點相信了。」

「是嗎？」

「嗯。」

「……」

我和長門就在這種空虛的氣氛下，沈默地在車站附近走動。

「妳沒有便服啊？」

「……」

「假日妳都怎麼安排？」

「……」

「妳現在開心嗎？」

「……」

嗯，我們倆的對話大概就是這種感覺吧！

這種無意義的行動再繼續下去也不好受，於是我便邀長門到圖書館去。本館靠海更近，是車站前因行政開發整頓土地時，所蓋的一座新的圖書館。因為我平常很少借書，所以根本沒進去過。

原以為裡頭應該有沙發可以稍微休息一下，不過一進去才發現所有的椅子都被佔滿了。這些閒人八成也沒其他地方可去吧？

我悵然若失地環視館內，而長門則像個夢遊症患者般搖搖晃晃地朝書架走去。算了，隨她去吧！

我以前常常看書。小學低年級的時候，媽媽常在圖書館的小朋友專區借書給我看。雖然各種類型都有，但印象中看到的都很有趣。不過到底看過什麼卻不記得了。

我是從什麼時候開始不看書的？是從何時開始覺得看書很無趣的？

我隨手從書架上抽出一本書，迅速翻了幾頁後將它擺回原位，接著再抽出另一本書。事先若沒做過調查，要在浩瀚的書海中找出一本有趣的書，無疑是件相當辛苦的事。我如是想著，一面在書架間徘徊。

前去找尋長門時，發現她站在牆邊專門收納厚重書籍的書架前看書。她還真喜歡厚重的精裝書呢！

發現一個看報紙的大叔離開了一張沙發後，我隨即抱著仔細挑選過的小說坐了上去。要我看這些根本就不想看的書，果然不可能。不一會兒我就難敵睡魔的召喚，迅速進入了夢鄉。

此時，臀部的口袋突然一陣震動。

「哇啊？」

我嚇得跳了起來。在發現周圍的人皺著眉望著我時，才想起這裡是圖書館。

我擦著口水，快步衝出圖書館外，然後將設定為震動功能的手機湊到耳邊。

『你這個笨蛋，到底在做什麼啊？』

震耳欲聾的聲音瞬間響起。多虧她，我的腦袋才猛然清醒過來。

『你以為現在幾點了！』

「抱歉，我才剛醒來！」

『什麼？你這個蠢蛋！』

全世界只有妳沒資格罵我蠢蛋！

看了看手錶，發現時間已過四點半了。她說過四點要集合的！

『現在立刻給我滾過來！三十秒之內趕到！』

少說那種根本辦不到的話！

將被春日粗魯地掛斷通話的手機放進口袋後，我走回圖書館。發現長門依舊站在書架前閱讀一本百科全書似的厚重書本。

接下來就有點難度了。要讓雙腳幾乎生根、動也不動的長門離開現場，走到櫃檯寫借書單並把書借好，需要一點時間，因此期間舉凡春日打來的電話，我一概不接。

等到我和寶貝地抱著某本名字超拗口的外國作家寫的哲學書的長門，急忙回到車站前時，久候多時的三人各有三種不同的反應。

朝比奈一臉疲憊地露出帶著嘆息的微笑，古泉這混蛋則非常誇張地聳了聳肩，而春日則像一口氣喝了辣椒水般地大叫：

「遲到，罰錢！」

又要我請客啦？

最後，我們便毫無所獲、白白浪費時間與金錢地結束了今天的戶外活動。

「好累喔！涼宮同學走路好快，我好不容易才跟得上她的腳步。」

分手時，朝比奈嘆氣道。然後，挺直背脊地將頭湊到我耳邊：

「謝謝你今天聽我說話。」

說完後又低下頭，露出害羞的笑容。未來的人連笑都這麼優雅嗎？

那我先走囉！朝比奈朝我做了個可愛的道別手勢後離開。此時，古泉輕輕拍了一下我的肩膀說：

「今天還挺好玩的呢！該怎麼說呢，涼宮同學真是個有趣的人。雖然很可惜不能跟你一起行動，但下次還有機會。」

在露出惹人厭的爽朗笑容的古泉離開後，我才發現長門老早就已經走了。

只留下春日一人狂瞪著我。

「喂，今天一整天你到底在幹嘛？」

「是啊，到底在幹嘛！」

「你這樣是不行的！」

看來，她是真的生氣了。

「對了，那妳呢？有發現什麼有趣的事嗎？」

只見春日頓時啞口無言還咬著下唇。要是不阻止她，只怕她會把嘴唇咬破。

「哎呀，對方不會疏忽到讓妳一天就找到的。」

輕瞥了試圖扭轉尷尬氣氛的我一眼後，春日才猛然轉開視線。

「後天，在學校召開反省會。」

春日隨即轉身，頭也不回地迅速融入擁擠的人潮中。

心想終於可以回去的我走到銀行前，竟發現腳踏車不見了，取代的則是掛在電線桿上的「您的腳踏車因違規停駐而被拖吊」的牌子。

第五章

星期一，我感受著梅雨季的濕氣，一面爬坡前往學校，抵達教室時發現自己流了比以前更多的汗。天哪，真希望能有候選人在他的選舉政見裡，提出要在這坡道上蓋一座手扶梯的政見。等到我有投票權時，我一定會投你一票。

當我坐在教室裡用墊板搧風時，春日竟難得地在上課鐘響前及時跑進來。

她將書包隨手丟在桌上：

「也幫我搧！」

「不會自己搧喔！」

今天的春日又板起一張臉，和兩天前在車站前分手的樣子完全一樣。才覺得她最近的表情可愛多了，怎麼又恢復成以前的模樣。

「對了，涼宮。妳聽過『幸福的青鳥』的故事嗎？」

「那是什麼？」

「不，沒什麼。」

「那就不要問我！」

春日斜眼瞪了我一下，我急忙轉過頭，剛好岡部老師走進來，班會就開始了。

這天上課，可以感覺到春日往四面八方發散出的不爽情緒，不停地從背後給我壓力。不，應該說從來沒有像今天一樣，覺得下課鐘聲如此悅耳的！一下課，我就像警覺森林燒起大火的野生老鼠一樣，迅速衝到社團教室避難。

長門在社團教室看書的模樣，早已和室內風景融為一體，簡直就是個和這間教室密不可分的固定擺設。

所以，我便對早一步走進社團教室的古泉一樹說：

「你該不會也要跟我講涼宮的事吧？」

現在只有三個人。今天當值日生的春日，以及朝比奈都還沒來。

「唉呀，看你這種反應，可見她們兩人已經先跟你接觸過了。」

古泉輕瞥了一眼正在專心看書的長門，那副什麼都知道的口氣讓我覺得很討厭。

「換個地方談吧！要是被涼宮同學聽到了，那可不妙囉！」

於是，古泉陪著我來到食堂外的餐桌坐下。途中，古泉還在自動販賣機買了杯熱咖啡給我。雖然兩個男的坐在同一張圓桌難免引人側目，不過這也是沒辦法的事。

「你知道到什麼程度？」

「差不多是涼宮不是普通人這裡吧！」

「既然這樣就好辦了，你說的沒錯。」

這到底是哪門子的玩笑？ＳＯＳ團的三名成員都告訴我春日不是普通人，莫非是地球的溫室現象，讓他們個個都中暑頭昏了。

「先把你的真實身份告訴我吧！」

因為我已經知道她們一個是外星人，一個是未來人，所以我接著說：

「你該不會要告訴我，其實你有超能力吧？」

「先不要預設立場嘛！」

古泉輕輕晃動紙杯。

「雖然有點不太一樣，不過你也沒說錯，超能力者應該是最接近我身份的稱呼吧！沒錯，我有超能力。」

我沈默地喝著咖啡。真是的，太甜了，應該買低糖的才對。

「我也不想突然轉學的，是因為情況產生變化才會如此。但沒想到她們倆這麼快就跟涼宮春日打成一片。之前，她們都只是在一旁默默觀察而已。」

別把春日講得像隻珍奇的昆蟲似的好嗎？

或許是發現我皺著眉頭，他接著說：

「你別生氣。我們也很拚命啊！我們並沒有要加害涼宮同學的意思，反而是要保護她免於危難。」

「你說我們？那也就表示另外還有很多超能力的人囉？」

「其實也沒你想像中的那麼多啦！因為我屬最低層，所以並不清楚，只知道全球大概有十個人左右。而且他們應該全都受『機關』管理。」

連『機關』也出現啦！

「我既不知道『機關』的實體，也不清楚組織成員有幾個。一切似乎都由高層人士統籌管理。」

「……這麼說，那個名為『機關』的秘密組織，到底是在做什麼的？」

古泉用冷掉的咖啡潤了潤嘴唇：

「就如你想像的一樣。『機關』是三年前成立的，最重要的任務就是監視涼宮春日。講白一點，它的存在是為了監視涼宮春日。說到這裡，你應該了解了吧？在這間學校裡隸屬『機關』的人不只我一個。已經有好幾個密探潛入了這裡，而我則是以追加人員的身份臨時調過來的。」

此刻，我竟突然想起谷口的臉。他說打從國中起，就跟春日同一班了。莫非他跟古泉也是同一種人？

「真的是這樣嗎？」

只見古泉假裝沒聽到繼續說：

「不過，我可不敢保證那些人都在涼宮同學的身邊。」

為何大家都那麼喜歡春日。那個古怪、狂妄、只會給周遭的人添麻煩、超級自我中心的女人，到底哪裡值得一個組織全力保護？不過我承認她外型的確長得不錯啦。

「我不清楚三年前到底發生過什麼事。我所知道的只有，三年前的某一天我突然開始擁有超能力。剛開始，我真的非常恐慌，覺得好可怕。幸好不久『機關』就來迎接我，否則我可能會覺得自己的腦袋出了問題而忍不住自殺吧。」

我看從那時候開始，你的腦袋瓜就一直有問題吧？

「噢，那也不無可能。不過，我們更畏懼可怕又未知的可能性。」

帶著自嘲的笑容，古泉又喝了一口咖啡，接著露出了嚴肅的神情。

他突然問了一個讓我相當驚訝的問題。

「你覺得這個世界是從什麼時候開始存在的？」

「不是遠古時代宇宙大爆炸所產生的嗎？」

「目前的說法是這樣啦！不過，對我們而言還有另一種可能性。那就是世界是從三年前開始的。」

我望了望古泉的臉，他說的話實在教人難以置信。

「不太可能吧！我還清楚記得三年以前的事呢！而且，我父母都還健在。小時候掉到水溝裡縫了三針的痕跡也還在。而且我死命硬背的日本史上記載的歷史又是怎麼回事？」

「好，那你如何能確定包含你在內的所有人類，不是從一出生就擁有原有的記憶？這麼一來，就不需要執著於三年前這個時間點了。世上根本沒有任何證據足以否定地球是五分鐘前誕生，萬物是從那時候開始的。」

「……」

「舉例來說，你可以試著思考一個假想的現實空間。你的腦裡被埋入電極，你所看到的影像、聞到的味道以及桌子的觸感，全是電極直接傳達給腦部的資訊，你深信自己經歷的一切實際發生過。所謂的現實世界，其實是個脆弱得出乎意料的東西。」

「……就算我認同你所說的好了，地球到底是三年前還是五分鐘前出現的都沒關係。最重要的是，你們『機關』的存在跟春日有什麼關係？」

「『機關』的頭頭認為，這個世界只是某個人做的一場夢而已。我們，不，應該說是這個世界本身，對那個人而言，不過是一場夢罷了。正因為是一場夢，因此對那個人來說，創造、改變被我們視為現實的這個世界，其實如同兒戲般簡單。而我們都知道那個人是誰。」

或許是措詞恭敬的關係，古泉的臉看起來竟然是意外的成熟。

「能夠依自己的意識創造、毀壞世界的人——人類稱之為神。」

……喂，春日！妳竟然被當成神了，我的媽啊！

「所以，機關一直是戰戰兢兢的。萬一這個世界惹天神不高興，天神或許會徹底破壞這個世界，重新創造一個新的。就像堆沙堡的小孩一不中意就推倒重做一樣。儘管我覺得這個世界充滿了無數的矛盾，但對它還是有一定程度的眷戀。所以，我才會協助『機關』守護這個世界。」

「你們為什麼不直接拜託春日，要她別再破壞世界？說不定她會聽呢！」

「涼宮同學當然不知道自己就是那個人，她還沒發現自己的能力。而我們的工作就是盡可能讓她一輩子都不會發現這件事，平平順順地過完一生。」

說到這裡，古泉好不容易恢復了笑容。

「目前的她還算是不完整的女神，還無法任意操縱這個世界。不過，儘管尚未進化完成，卻已經能看出一些徵兆了。」

「你怎麼知道？」

「你想想，像我這樣的超能力者，以及朝比奈實玖瑠、長門有希這樣的人為何會出現在這世上？那都是因為涼宮同學的期望。」

要是有外星人、未來人、異世界的人、超能力者，儘管來找我吧！

我瞬間想起春日在自我介紹時說的這番話。

「因為她還沒有發現，所以無法完全發揮神力，只能在無意識的情況下偶然使出那份力量。但這幾個月來，涼宮同學不斷釋放出超越人類智能所能理解的力量。結果不用我說你應該也知道，就是涼宮同學遇到了朝比奈實玖瑠、長門有希，最後連我也加入了她創辦的社團。」

難道只有我是局外人？

「不是那樣的。對我們來說，你反而是個謎樣的存在。實在抱歉，我事先對你做了許多調查。但我向你保證，你真的是個沒有任何能力的普通人類。」

我是該安心，還是該覺得悲哀？

「我也不曉得，但說不定你是掌握這個世界命運的重要人物。所以，請你千萬要特別注意，別讓涼宮同學對這世界感到絕望。」

「既然你們認為春日是神，」我提議道：「不如把她抓起來解剖，看看她腦袋的結構，這樣說不定能早點了解世界的構造呢！」

「我們的『機關』裡確實也有持相同主張的強硬派存在。」

古泉乾脆地點頭道：

「不過贊成不要輕易對她出手的意見還是佔多數。畢竟要是因此惹了神不高興，八成會引發不可收拾的災難。我們希望保持這個世界的現狀，自然也希望涼宮同學過著平安的日子。如果硬來的話，到時只會賠了夫人又折兵。」

「……到底該怎麼做才好？」

「我也不知道。」

「對了，如果春日突然死掉的話，這個世界會怎麼樣呢？」

「究竟世界是會隨著她一起在一瞬間毀滅？還是再也不會有神？抑或是繼續存在，直到新的天神出現？在那一刻來臨前沒人知道。」

紙杯裡的咖啡已經完全冷掉。我將它推到桌子的一角，不打算再喝了。

「你說你有超能力吧？」

「嗯，雖然說法不太相同，但簡單來說並沒有錯。」

「既然這樣，就施展些能力給我看看，這樣我就相信你說的。比方說把這杯咖啡變回原來的溫度。」

古泉開心地笑了笑。這似乎是我第一次看他真心地笑。

「抱歉，我辦不到。我擁有的並不是這麼輕易理解的能力。在普通的狀態下，我並沒有特別的能力。要施展能力必須同時符合幾個重要的條件才行，相信日後你會有機會看到的。」

抱歉，耽誤你這麼多的時間，今天我就先回去了。說完這句話後，古泉便面帶微笑地離開了桌邊。

我望著腳步輕快的古泉背影直到看不見為止，接著突然想到而拿起紙杯。想當然爾，杯子裡的咖啡依舊是冷的。

一回到社團教室，發現朝比奈穿著內衣站在裡頭。

「……」

手裡拿著荷葉邊圍裙裝的朝比奈，雙眼圓睜地望著手握門把楞在原地的我，然後嘴巴緩緩張開，一副準備尖叫的樣子。

「對不起。」

在她出聲前，我搶先收回我那踏出去的腳，迅速把門關上。幸虧如此，我才能避開她的尖叫聲。

真是的，我應該先敲門才對。不對啊，既然要換衣服就該鎖門嘛！

在考慮要不要將剛剛看到的白皙裸體移到腦中的長期記憶區儲存起來時，門的另一頭便傳來小力的敲門聲：「可以進來了……」

「對不起。」

「沒關係……」

我望著低著頭替我開門的朝比奈頭頂上的髮旋，向她道歉。只見她臉頰微微泛紅地說：

「真是的，老讓你看到我丟臉的一面……」

我可是完全不介意呢！

看來她倒是挺聽春日的話，竟然乖乖穿上那件女侍服。

實在太可愛了。

再這樣跟朝比奈對看下去，只怕剛剛看到的那些畫面會在腦裡發酵，朝不妙的方向演變。所以，我動員所有的理性來迎戰那惱人的慾望，迅速地坐在團長席上，將電腦打開。

當我發現到有人在看我而抬起頭時，竟發現長門有希難得地看向這邊。她推了一下眼鏡後，又將目光轉回書上。動作還滿人模人樣呢！

我啟動HTML編輯器叫出社團的首頁檔案，想修改一下一成不變的頁面，卻不知該如何下手。以往都覺得更新網頁不過是浪費時間，而嘆著氣把檔案關掉。可是，現在閒的要死，黑白棋又已經玩膩了，總得找其他事情來做嘛！

就在我雙手交叉在胸前無奈地呻吟時，突然有人放了杯熱茶在我面前。抬起頭，發現穿著女侍服的朝比奈正微笑地拿著托盤站在我眼前，那個模樣簡直就像個真正的女侍一樣。

「謝謝。」

雖然剛剛才讓古泉請喝咖啡，但我還是充滿感激地接下熱茶。
朝比奈接著將熱茶端給長門，然後坐在她身邊小口小口地喝起熱茶。

結果那天，春日並沒有到社團教室。

「妳昨天怎麼沒來？不是說要開反省會嗎？」
如往常一樣，我在班會開始前轉頭跟坐在我後面的春日說話。
下巴撐在桌面，趴在桌上的春日一副不耐煩地表情說道：
「吵死了！我已經一個人開完反省會了！」
一問之下才知道，春日昨天放學後，又獨自將禮拜六走過的路再走一遍。
「我怕有哪裡遺漏了，所以覺得還是再去看看比較安心。」
我一直以為只有刑警會認為嫌犯會回到犯罪現場，看來是我搞錯了！
「快熱死了。到底什麼時候才要換季？真想早點穿短袖啊。」
六月才會換季。而五月只剩下一個禮拜就要結束了。
「涼宮，或許我之前已經說過了，我還是要勸妳趁早放棄尋找那些不可能發現的謎樣事物，像個普通高中生一樣生活吧！」

瞬間抬起頭來瞪著我……原以為她會這樣，沒想到春日卻只是把臉頰貼在桌面上。看來，她是真的累壞了。

「像普通高中生一樣生活，到底是什麼生活？」

她的聲音聽起來一點都不感興趣。

「就是趕快去找個好男人啊！到時如果要散步去找外星人，就能跟他一起在市內走個夠！這不是個一箭雙鵰的好方法嗎？」

我一面想著那天朝比奈說過的話，一面如此提議。

「而且，妳根本不缺男生的追求。只要藏起妳那詭異的個性，馬上就能交到男朋友了。」

「哼，有沒有男朋友都沒差啦！所謂戀愛不過是一時的迷惑，是一種精神病。」

春日靠在桌子上，眼睛看向窗外，有氣無力地說：

「其實，我偶爾也會有那種心情。畢竟我是個健康的少女，再加上身體有時也會有需求。但我不會笨到為了一時的迷惑而背負許許多多的麻煩事。而且如果我忙著跟男生交往，那ＳＯＳ團該怎麼辦？我才剛創立它而已耶！」

老實說，也還不算創立啦！

「那就改創個玩樂性質的社團呀，那樣也比較容易招到社員。」

「不要。」

春日一口拒絕。

「我就是因為覺得普通的社團太無聊，才創立SOS團的，而且也讓朝比奈這個可愛美眉跟謎樣的轉學生加入了呀！為何還是沒事發生呢？唉，也差不多該發生一件怪異的事件了吧？」

這還是我第一次看到春日如此沮喪的模樣，不過她脆弱的表情倒也挺可愛的。像她長得這麼可愛，就算不笑也夠漂亮的，越想越覺得可惜。

後來，上午的課裡春日幾乎都在熟睡。奇蹟的是，老師竟然都沒發現……不，這一定只是巧合而已。

然而就在此時，奇怪的事悄悄發生了。因為並不是什麼大不了的事，所以幾乎沒人發現，不過卻還是讓我在班會時，滿腦子不停想著這件事。

事實上，我在跟春日講話時，心裡還懸著另一件事。一切就從早上放在我室內鞋櫃裡的那張紙條開始。

紙條上寫了——

『放學等大家都走了以後，到一年五班的教室來。』

明顯是女生的字跡。

這到底是怎麼回事？腦內各種不同的意見立刻召開緊急會議。第一個人先說「之前也發生過同樣的事」。不過，這跟那張書籤上的字明顯不同。雖然自稱是外星人與人類溝通橋樑的長門寫字有如機器印刷般漂亮，不過這紙條裡的字卻散發著女高中生書寫的氣息。而且，長門也不會做出把紙條塞在鞋櫃這種如此直接的行為。接著第二個人說「該不會是朝比奈做的吧？」不對，如果真是朝比奈的話，鐵定不會隨便撕一張紙，寫下這種連準確的時間都沒有的字條。沒錯，她一定會將寫好的信紙放在信封裡。而且，地點指定在我班上這點也很奇怪。「該不會是春日吧？」第三個人說。那更不可能了，如果是她，早就像上次一樣強行把我拖到樓梯間說了。基於同樣的理由，我也排除了古泉的可能性。最後，第四個人說「莫非是陌生人給你的情書？」先別管是不是情書了，總之這是封約我出去見面的通知就對了。而且，對方還不一定是女的喔！「不要上當。說不定是谷口跟國木田的惡作劇。」沒錯，這最有可能。白癡谷口也有可能搞這種無聊的玩笑，不過他應該會寫更多才對。

我一面想著這些事，一面在學校裡漫無目的地走著。春日一下課便說身體不舒服而回家了。這可是個千載難逢的好機會呢！

我決定先到社團教室去。要是太早回班上等那位不知名的人士，我可是會火冒三丈的，而且如果等到一半時谷口突然跑來說「唷，你還真的在等啊？沒想到那樣一張小紙條就把你騙倒了，真是單純的傢伙呢！」那我絕對會氣死。先消磨些時間後再走回教室偷瞄一下，確定裡面真的都沒人後再走進去。嗯，超完美的作戰計畫！

一個人走著走著來到了社團教室門口。這次，我總算沒忘記敲門了。

「請進。」

確認是朝比奈的聲音後，我伸手打開了門。儘管已經看過很多次了，不過她的女侍打扮還真是楚楚可憐呢！

「你好慢喔，涼宮同學呢？」

看來，她又在泡熱茶囉！

「她回去了，她今天好像很累的樣子。如果要報復她就趁現在，目前的她看起來非常虛弱。」

「我才不會做那種事呢！」

我們就在長門專心看書的教室內，面對面地坐著喝茶。好像又恢復之前毫無目的可言的同好會了。

「古泉還沒來嗎？」

「古泉同學剛剛有來過，他說今天要打工，所以先回去了。」

打什麼工啊？不過，依目前的狀況看來，古泉跟春日已經確定可以從寫字條的嫌疑犯名單裡去除了。

因為不知道要幹嘛，我便和朝比奈邊閒聊邊玩黑白棋。我贏三場後，我們便暫停玩棋，連上網路瀏覽新聞，就在這時候長門突然闔上書。最近，我們都把她這舉動當成社團活動結束的暗號（雖不知道到底是什麼社團活動），所以在場的所有人便開始整理東西準備回家。

「我還要換衣服，你先走吧！」聽到朝比奈這樣說後，我就理所當然地先衝出社團教室。

時鐘指向五點半，教室裡應該都沒人了吧！就算谷口想惡作劇，也會因等得不耐煩先回家了吧！儘管如此，我還是一次踩兩個階梯，快步衝向大樓的最上層。畢竟，事情總有個萬一嘛，大家說對吧？

我在無人的走廊上，深深地吸了一口氣。因為教室裝的是毛玻璃，所以無法看清楚裡頭的情況，只知道夕陽將室內染成一片橘紅色而已。我若無其事地打開一年五班的大門拉門，往裡頭一探。

雖然對於有人在裡面並不感到驚訝，不過在我看清楚對方是誰後，倒是嚇了一跳。一個我怎麼也料想不到的人，現在正站在黑板前面。

「好慢喔！」

朝倉涼子笑著說。

她輕輕撥了一下整潔的長直髮，然後從講台上走下來。從百褶裙下露出來的纖細雙腿和白色室內鞋，看起來是那麼的顯眼。

她走到教室中央後停了下來，笑著朝我揮了揮手。

「進來啊！」

原本手扶著拉門的我，就像被那動作吸引似地朝她走過去。

「原來是妳啊……」

「沒錯，很意外吧！」

朝倉愉快地笑著。她的右半邊被夕陽染成一片通紅。

「有什麼事嗎？」

我刻意用粗魯的語氣問道，而朝倉則笑嘻嘻地回答：

「我的確有事要找你，有件事想請問你。」

朝倉白皙的臉龐就在我的正前方。

「人類不是常說『與其不做後悔，不如做了後再後悔比較好』嗎？你覺得有道理嗎？」

「我雖不知道人類到底有沒有常說這句，不過字面上的意思應該沒錯吧。」

「那假設有一件事維持現狀只會更慘，可是你又不知道該怎麼改善它時，你會怎麼做？」

「什麼事啊，是指日本的經濟嗎？」

無視我的詢問，朝倉依舊笑著繼續說：

「難道你不會想說先不管結果如何，一切做了再說嗎？反正再這樣下去也不會有任何變化。」

「嗯，說不定會吧！」

「就是啊！」

雙手交叉在身後的朝倉，身體微微地傾斜。

「不過啊，因為上面的腦袋實在不知變通，根本無法跟上現實的劇烈變化，使得我一定得做些什麼好讓事情能順利進行。所以，身處現實的我當然要用這種獨斷的行為，來進行強硬的改革。」

妳到底想說什麼啊？莫非這是一場惡作劇？我環視室內，猜想谷口是否正躲在放置掃除用具的櫃子裡，或是台上的講桌下面？

「我已經厭倦觀察毫無變化的對象了，所以……」

因為我一直東張西望，所以並沒有聽清楚朝倉在說什麼。

「我要殺了你，看涼宮春日會有什麼反應。」

說時遲那時快，朝倉原本藏在背後的右手突然一閃，一道金屬光芒就從我原本脖子所在的位置劃過去。

頂著一張溫和笑臉的朝倉，右手竟然揮舞著一把軍隊刺刀似的可怕利刃。

我能閃過她最初的一擊真要算是僥倖。因為此刻的我正一屁股跌坐在地上，而且還一臉白癡地仰望著朝倉。要是被困住，就真的逃不了了！心裡這麼想的我，慌張地如蝗蟲般跳著往後退。

為什麼朝倉沒有追來？

……不，等等！現在是什麼情況啊？為什麼朝倉要拿刀子捅我？等一下，剛剛朝倉說了什麼？要殺我？為什麼，ＷＨＹ？

「別開玩笑了！」

這時候，我只能說出這句慣用句而已。

「真的很危險耶！就算那刀子不是真的，我也會害怕啊！快把它丟掉啦！」

我真的完全霧剎剎的了。如果有誰知道這是什麼狀況的話，就快點出現來跟我解釋清楚吧！

「你以為我在開玩笑？」

朝倉語氣非常開朗地說著，看起來完全不像是來真的。仔細想想，如果遇到個笑著拿刀威脅自己的高中女生，那還真恐怖呢！所以囉，大家應該可以知道我現在有多害怕了。

「哼！」

朝倉以刀背敲了敲自己的肩膀。

「你不喜歡死嗎？不想被殺死嗎？我對有機生命體的死亡並沒有什麼概念。」

我慢慢地站起身來。這一切只是在開玩笑吧，只要我一認真就會被騙倒了。我不停地這麼告訴自己，畢竟這實在太令人難以相信了。因為平日的朝倉根本就不會一遇到困境就抓狂，即使在班上也是不怎麼愛說話、認真又負責的班長啊！怎麼可能會拿著刀子說要殺我咧！

「我不懂妳在說什麼，一點都不好笑。好了，快放下那可怕的東西吧！」

不過，要是那把刀是真的，我只要一個閃避不及就會血濺當場。

「那可辦不到。」

朝倉用平日跟其他女同學說話時的天真笑臉說：

「因為，我是真的想要你死。」

她把刀子握在腰間，朝我衝了過來。好快啊！不過，這次我可是老神在在。因為早在朝倉開始動作前，我已經看準大門準備逃了——沒想到，我竟意外地撞上牆壁。

？？？？

奇怪，怎麼沒有門，連窗戶也不見了！原本教室靠走廊的那面裝有窗戶的牆，如今已全部變成一面深灰色的牆壁。

不可能！

「沒有用的。」

朝倉的聲音從背後逐漸靠近。

「這個空間已經被我所控制，所有出路都遭到封鎖。要形成這種情況其實很簡單，這顆行星的建築物，只要在分子結構上動手腳，就足以改變其性質。如今這間教室已成了密室，無法自由進出。」

一轉過頭，這才發現連夕陽也消失了。四周都被水泥牆包圍，只剩不知何時點亮的日光燈冰冷地照著課桌的桌面。

不會吧？

朝倉拖著淡淡的影子慢慢地朝我走來。

「喂，我勸你還是別掙扎了，反正結果都得死。」

「……妳到底是什麼人？」

不管再怎麼看，四周都是牆壁。沒有不好開關的拉門，也沒有毛玻璃窗，什麼都沒有！莫非是我的腦袋出了問題？

我焦急地在桌子的空隙間鑽動，想盡量遠離朝倉。然而，朝倉卻筆直朝我走來。相對於擅自移動桌子以利行走的朝倉，我的退路則滿是桌子阻擋。

這場追逐戰並沒有持續很久，不一會兒我就被逼到教室角落了。事到如今……。

我豁了出去，舉起椅子往朝倉丟。然而，椅子卻在朝倉面前轉了個彎，往旁邊飛去後掉落。天哪，怎麼會這樣！

「不是告訴你沒有用嗎？這間教室裡的所有東西，都會按我的意志移動。」

等等！等等！

這到底是怎麼回事？如果這不是玩笑也不是惡作劇，我跟朝倉的腦袋又沒壞掉的話，到底是怎麼回事？

我要殺了你，看涼宮春日會有什麼反應。

怎麼又是春日。春日，妳未免太受歡迎了吧！

「一開始我就該這麼做了。」

這句話讓我的身體頓時僵住了。怎麼會這樣啊！犯規犯規！

我的雙腳就像在地板上生根的樹木般，完全無法動彈，雙手則像被石蠟固定住，無法舉起，連手指都無法自由活動。臉朝下被固定在地板上的我，看到朝倉的室內鞋緩緩走進我的視線。

「只要你一死，涼宮春日一定會出現反應。說不定會產生巨大的資訊爆發，讓我們觀測到些什麼，這可是個千載難逢的好機會。」

我才不管咧！

「受死吧！」

我感覺到朝倉高高地舉起刀子。她會先從哪裡開始下手？是頸動脈、心臟？要是可以先知道的話，起碼能有個心理準備。起碼讓我閉上眼睛……不行，我辦不到。啊，這是什麼？

突然間我感到空氣的震動。刀子就要朝我砍來……。

就在此時，天花板傳來破裂似的聲音，緊接著瓦礫堆猛然落下。水泥的碎片擊中我的頭，害我痛的要命，可惡！不停落下的白色小石塊讓我灰頭土臉的，這麼大的量，想必也把朝倉弄得灰頭土臉吧！雖然很想確認她的情況，但身體卻難以動彈……咦，現在可以動了。

我抬起頭一看，竟然發現……！

拿著刀想要砍我脖子的朝倉一臉驚訝的表情，而徒手握住刀刃的是身材嬌小的長門有希。

（天哪，竟然空手奪白刃呢！）

「每個程式都太簡單了。」

長門一如往常地以毫無起伏的嗓音說道：

「天花板附近的空間與資訊封鎖並不周全，所以才讓我發現，趁機入侵。」

「妳想壞了我的好事？」

朝倉的語氣顯得很平靜。

「只要殺了這個人，涼宮春日一定會有反應。唯有這樣，才能得到更多的資訊。」

「妳是被派來輔助我的。」

長門用唸經般的聲音說著：

「這種獨斷獨行是絕對不被允許的，妳應該聽從我的指示行事。」

「如果我拒絕呢？」

「那我就解除妳的資訊結合。」

「那妳就試試看吧！在這裡，我可比妳佔優勢。因為這間教室屬於我的資訊控制範圍。」

「進行解除資訊結合的申請。」

長門話才說完，手上握住的刀刃便發出耀眼光芒。然後，就像加入紅茶裡的方糖一樣，化為微小的結晶，然後散落一地。

「！」

放開刀子的朝倉立刻往後跳了五公尺左右。看到這一幕，我不禁悠然地想著——哇啊，這兩個人真的不是人類耶！

一口氣拉開距離的朝倉在教室後方翩然落地，臉上依舊掛著微笑。

空間劇烈地歪曲變形──我只能這麼形容。朝倉、桌子、天花板及地板都劇烈地搖晃著，整體雖呈現液態金屬般的變化，不過卻無法看得很清楚。

正當我心想不過只是空間本身凝結成長矛般的形狀時，看見長門抬起的手掌前發生了結晶爆炸。

下一秒，長門周圍陸陸續續地發生結晶粉爆炸，然後有許多粉末飄落地面。凝結空間幻化成的矛狀武器以迅雷不及掩耳的速度朝我們襲來。當我發現長門的手也以同樣的速度迎擊它時，已經是片刻之後的事了。

「不要離開我身邊！」

長門一面彈開朝倉的攻擊，並單手拉著我的領帶蹲下，好讓我躲在她身後。

「哇啊！」

一個不明物體擦過我的頭，將黑板擊個粉碎。

長門稍微往上一瞥，瞬間天花板就長出許多冰柱往朝倉頭上砸去。只見朝倉用肉眼幾乎無法辨識的高速移動，幾十根冰柱就插在地上形成了一片冰林。

「妳在這個空間，是不可能贏過我的。」

朝倉一臉從容地說著。她隔著數公尺距離和長門對峙，而我只能沒用地趴在地上不敢起身。

長門的雙腿微開站在我面前，這時我才發現她竟然認真到在室內鞋的旁邊寫上自己的名字。隨後，便像朗讀小說似地低喃些什麼。

「SELECT連續代號、FROM數據庫、WHERE代號資料、ORDER BY攻擊性資訊戰鬥、HAVING終止模式。PERSONAL NAME進行朝倉涼子的敵性與判定。解除該對象的有機資訊連結。」

教室裡不再有正常的空間存在。一切都化為幾何學圖案，呈現扭曲、漩渦狀，看著看著都快頭暈了。那奇妙的視覺效果就像走進遊樂園的驚奇屋一樣，看得我眼睛都花了。

「妳的機能會比我早停止。」

我不清楚藏身在繽紛色彩的海市蜃樓底下的朝倉所發出的聲音，是從何處傳來。

颼颼，風劃破空氣的聲音。

長門的後腳跟猛力踢了我一下。

「妳幹嘛……」

話還沒說完，就看見一支快得幾乎看不見的長矛劃過我鼻尖，掉落在地板上。

「我看妳能保護他到什麼時候。嘗嘗這個吧！」

下一秒，站在我面前的長門，就被12支左右的茶色長矛貫穿了。

「……」

也就是說，朝倉同時從各個方向朝我跟長門攻擊。雖然長門能將其中幾支結晶粉碎掉，但為了讓我免受其餘長矛的攻擊，於是她便用身體掩護我。不過當時的我根本不知道這件事，因為一切都發生得太快了。

長門臉上的眼鏡掉了下來，微微地在地板上彈跳了一下。

「長門！」

「你別動。」

長門瞄了瞄插在胸口、腹部一帶的長矛後，淡然地說道。

鮮血開始在她的腳邊匯集。

「我沒事。」

天哪，這哪叫沒事啊！

長門眉頭皺也不皺地將身上的長矛拔出扔在地上。沾滿鮮血的長矛，發出冰冷的聲音落在地上，瞬間變成學生桌。原來那就是長矛的實體！

「受了這麼重的傷，應該沒力氣干涉我辦事了吧？現在看我怎麼收拾妳！」

在搖晃空間的另一頭，朝倉的身影若隱若現的。我看到她面露微笑，接著，雙手靜靜舉起

——如果我沒看錯的話，她從指尖到整隻手臂都被絢爛的光芒包圍，然後延伸了兩倍長。不，不

只是兩倍長——。

「去死吧！」

朝倉的手腕不停地延伸，有如觸手般蠕動著，接著又從左右兩邊同時襲來。無法動彈的長門嬌小的身軀一陣晃動……，鮮紅溫熱的液體頓時飛濺到我臉上。

朝倉的左腕刺向長門的右側腹，右手則刺進長門的左胸口，貫穿她的背部及教室的牆壁後才停下來。

長門身上噴出的血液，沿著白皙的腳流下，使地上的血塘面積越來越大。

「結束了。」

長門低聲說著，然後握住觸手。什麼都沒有發生。

「什麼結束了？」

朝倉以彷彿贏定了的口氣說道。

「妳指的是妳三年多的人生嗎？」

「不是。」

只見身負重傷的長門若無其事地說著。

「資訊連結解除，開始！」

瞬間，教室裡所有的東西都發出耀眼的光芒，然後在下一秒便化為晶亮的沙礫崩解。我身邊的桌子也化為細沙，瞬間崩塌。

「怎麼可能……」

天花板不停地落下結晶顆粒，這次輪到換朝倉露出錯愕的表情了。

「妳的確很優秀。」

刺入長門體內的長矛，也變成了沙子。

「讓我花了這麼久的時間，才得以入侵程式。不過，現在一切都結束了。」

「……妳在我入侵之前就已埋下了崩壞因子吧！怪不得覺得妳好像特別弱。原來是事先使用了攻擊性資訊的關係……」

望著同樣結晶化的雙臂，朝倉絕望似地說道：

「唉，真是可惜，畢竟我只是個小小的輔佐人員。原以為能一舉擺脫目前膠著的狀態。唉，真是遺憾。」

朝倉看著我的神情又恢復成同班同學的樣子了。

「我輸了。太好了，你能繼續活命。不過你得小心點。統合思念體並不是很團結，有好幾個跟我一樣擁有反派的意識。這點就跟人類一樣。或許下次又會有像我這樣的激進派出現。也說不定屆時操縱長門的人想法已經改變，轉而刺殺你。」

朝倉從胸口到腳尖早已被發光的結晶所覆蓋。

「在那之前，祝你和涼宮幸福。再會了。」

語畢，朝倉便靜靜化為小小的沙堆。然後，一顆顆的結晶分解得更細小，不一會兒就消失不見了。

在不停落下的宛如玻璃沙的結晶雨中，朝倉涼子這名女學生便從這個學校徹底消失了。

砰咚！突然一陣輕響。我轉頭一看發現長門倒在地上，於是急忙站起來。

「喂！長門，振作點！我馬上叫救護車。」

「不用了。」

睜開眼睛望向天花板的長門說：

「肉體的損傷根本不算什麼，首先得把這個空間恢復原狀才行。」

沙子的崩落已經停止。

「除去不純物質，重新構成教室。」

她話一說完，熟悉的一年五班教室又重新出現在眼前。沒錯，就像錄影帶倒帶似的，室內的一切都恢復到原本的模樣。

白色的細沙生出了黑板、導師桌、課桌，裡面的擺設就跟我今天放學前看到的一模一樣。目睹這情況的我，實在不知該如何形容。要不是親眼目睹，我可能會認為這是精湛的電腦動畫所做出來的效果。

原本是牆壁的地方出現了窗框，半透明的毛玻璃也出現了。夕陽將我和長門染成了橘紅色。試著看了看自己桌子的抽屜，發現裡面該在的東西全都在，而飛濺到我身上的鮮血也消失得無影無蹤。實在太厲害了，只能用魔法來形容！

我在躺著休息的長門身邊蹲了下來。原以為她剛才幾乎被長矛刺成蜂窩的制服上會有很多破洞，但卻連半個都沒有。

「因為將處理能力轉變為資訊的操作，所以我將連結裝置的再生往後延了一下，現在正在進行。」

「要我扶妳嗎？」

長門竟意外坦率地握住我伸出的手。正當她起身時——

「啊！」

她突然輕呼了一下。

「我忘記重新弄一付眼鏡。」

「……我覺得妳不戴眼鏡比較可愛。戴眼鏡的女生不是我的型。」

「什麼意思？」

「沒有，我只是在胡言亂語。」

「是嗎？」

現在可不是說這種五四三的時候。這讓我後來非常後悔。當時就算是無情地丟下長門，我也該立刻離開教室的。

「哈囉！」

教室的拉門突然被拉開。

「忘記了～，忘記拿東西啦～」

好死不死，哼著自己所做的歌，一面走進教室的人竟然就是谷口。

谷口八成沒想到這時候教室還有人吧。當他發現我們時，立刻當場愣住，嘴巴還像傻瓜似地張得斗大。

當時，我正打算抱起長門。但若單看靜止畫面，看起來像是我正準備把她壓倒。

「對不起。」

谷口用前所未聞的認真聲音說完後，馬上轉身一溜煙地跑出教室。我根本沒空追上去。

「真是個有趣的人。」長門說。

我使勁嘆了一口氣。

「接下來該怎麼辦？」

「交給我吧！」

靠在我懷裡的長門說道：

「資訊操縱是我的專長，就讓大家以為朝倉涼子轉學好了。」

用這種方式啊！

現在不是思考這個問題的時候。仔細想想，我剛剛可是經歷了一件不得了的大事耶！這已經不是相不相信長門前幾天那番話的問題了，我也不敢說自己是半信半疑。剛才發生的那些事，讓我了解到事情的嚴重性。當時我真的以為自己死定了！要是長門沒有從天花板出現，我肯定早就死在朝倉手裡。教室扭曲變形的光景、變成怪物的朝倉涼子，以及面無表情地將她消滅的長門一切的一切都那樣寫實地降臨在我身上。

莫非長門是想藉此讓我了解她真的是外星人？

這麼一來，我豈不是成了神秘事件的當事人了？就如同我在開頭時說的，我想當個被捲入事件的旁觀者，當個配角就甘願了。不過按照目前的狀況來看，我簡直就是主角嘛！沒錯，我是很想在有外星人出現的故事裡軋一角，不過當自己真的成為故事裡的角色後，那又是另一回事了。

老實說，我還挺困擾的。

我真正想當的是當有人遇到困難無法解決時，我笑笑地在一旁給予適切建議的角色。我可不想成為被班上同學狙擊的對象，這種亂七八糟的故事發展我可不要！其實我對自己的人生也是有一定程度的堅持。

我呆楞在被夕陽染成橘紅色的教室裡好一段時間，完全忘了長門還靠在我懷裡。

這……這到底是怎麼回事？我該怎麼想才好？多虧自己一直發呆，所以並沒發現已經再生完畢的長門，一直面無表情地望著我。

隔天，朝倉涼子便從班上消失了。

雖說這樣的結果極為理所當然，不過似乎只有我這樣認為而已。

「嗯，我想朝倉同學是因為父親工作的關係，所以才會這麼急著轉學。老實說，老師今天早上聽到時也嚇了一大跳。好像因為是去國外的關係，所以昨天就出發了。」

當岡部老師在班會時講出這件謊言似的事時，大部分女生都驚訝地大喊「咦？」、「為什麼？」，男同學也面面相覷地討論著，就連老師也一副搞不清楚狀況的樣子。想當然爾，我身後那個女生自然不可能保持沉默。

咚！她突然從背後捶了我一記。

「阿虛，這肯定是靈異事件。」

完全恢復精神的涼宮春日雙眼散發出耀眼的光芒。

怎麼辦？要說實話嗎？

其實朝倉是由資訊統合思念體這種不知名的物體所創造的，也是長門的同伴，但她們倆不知為何撕破臉，最後搞到朝倉非得殺了我不可。而這件事之所以會牽扯到我，就是因為妳。不過，最後朝倉被長門變成沙子消失了。

拜託，這種事說出口還得了，而且我也不想說。我打算把昨天的一切都當成幻覺，就這麼算了。

「先是有謎樣的轉學生，現在又出現了莫名其妙轉學的女生。這其中一定有鬼！」

我是不是該好好誇讚她直覺如此敏銳？

「她是因為爸爸工作的關係才轉學的吧！」

「這種爛理由我才不相信。」

「不管妳信不信，這可是轉學理由排行榜的第一名。」

「可是未免太奇怪了！從接獲調職令到搬家才花了一天的時間，她老爸到底是做什麼工作的？」

「或許朝倉的爸爸事先沒有告訴她……」

「絕對不可能。這有詳加調查的必要。」

本想說或許調職是藉口，其實他們是為了躲債連夜潛逃了，但最後還是作罷。因為最清楚事實的人就是我。

「身為SOS團的一員，我怎麼能坐視學校裡的神秘事件不管。」

求妳別再說了！

經過昨天的事情後，我不得不徹底改頭換面。畢竟，在親眼見識過那種超自然現象，又要把一切當作沒發生過，就得從其實是我眼睛看錯，或是腦袋有問題、這個世界本來就很奇怪、我一直在做一場很長的夢，這些選項裡挑一個出來當理由才行。

而且，我實在無法承認這世界本身就是一個非現實的存在。

真是的！我覺得要一個年紀才十五出頭的少年，迎接他人生中的重要轉機，未免也太早了點吧。

為什麼才高一的我，就要被迫面對世界是否存在這種充滿哲學性的問題？這不該是我應該思考的事。拜託，別再增加我的麻煩了。

現在的我已經有一大堆頭痛的事情得處理啦！

第六章

延續昨日的紙條風格，我的鞋櫃裡今天又被放了一封信。搞什麼鬼啊，最近是流行把信放到鞋櫃裡啊？

不過，這次的感覺很不一樣。這次並不是對折、又不記名的紙片，那封類似由少女漫畫月刊附贈的信封背面清楚地寫了名字。字體十分端正，只要我的眼睛沒有問題，絕對會知道上面寫什麼。

朝比奈實玖瑠。

我迅速將信封放進制服外套口袋，然後衝到男子廁所裡拆信，發現信封裡一張印著微笑圖案的便條紙上，寫了幾個字。

『午休時間，我在社團教室等你。　實玖瑠』

昨天才遇到那種事，使我的人生觀、世界觀以及現實感，都像高空飛行特技似地360度騰空旋轉。

我可不想再遇到那種威脅生命的危機了。

但我又不能不去，因為這次可是朝比奈約我的耶！雖然沒有證據可以斷定這封信是朝比奈親手寫的，但我可是一點都不懷疑，因為她本來就像會拐彎抹角做這種事的人，而且手中握著筆、興高采烈地在這種可愛信紙上寫字的模樣，實在非常地適合她。如果是午休時間，長門應該也會在社團教室裡，要是發生什麼事，她應該會出手救我。

請不要說我窩囊，再怎麼說，我只是個普通的高中男生而已。

第四節下課，我便在下課時間不停用意味深長的眼光望著我的谷口、拿著便當邀我一起吃飯的國木田、開口要我跟她去教師辦公室調查朝倉搬家真相的春日等人的圍攻下，連便當也沒帶就衝出教室，快步走向社團教室。

才不過五月而已，不過照射在身上的陽光已經充滿夏天的熱氣，太陽就像個特大號的木炭，開心地把它的能量往地球投射。要是真的進入夏天，日本不就成了天然的蒸氣烤箱了？才走幾步路而已，汗水就浸濕了內褲的鬆緊帶。

不到三分鐘，我已經站在文藝社的教室門口。我先敲了敲門。

「請進。」

沒錯，的確是朝比奈的聲音。我絕不可能聽錯她的聲音。好，放心進去吧！

沒想一進教室後卻發現長門不在，就連朝比奈也不在。

只有一名長髮女性輕靠在面向中庭的窗戶旁。她身上穿了件白色的罩衫和一條黑色的迷你窄裙，腳上套著訪客專用的拖鞋。

對方一看到我，臉上便露出喜悅的表情向我走來，然後握住我的手說：

「阿虛……好久不見了。」

她不是朝比奈，但卻跟朝比奈很像，像到會讓人誤以為就是她本人。事實上，我也以為她就是朝比奈。

不過，她真的不是朝比奈。我的朝比奈個子沒這麼高，臉也沒有這麼成熟，罩衫底下的胸部也不可能一天成長三分之一。

眼前這個拉著我的手微笑的人，不管怎麼看年紀都像二十多歲，和感覺像國中生的朝比奈氣質完全不同。但她為何長得跟朝比奈如此像呢？

「請問……」

我突然靈光一閃。

「妳是朝比奈……的姊姊吧？」

對方覺得奇怪似地笑瞇了眼睛，肩膀不停抖動。連笑容也這麼像。

「呵呵，我就是我啊！」她說。

「我就是朝比奈實玖瑠。只不過，我是從更未來的時空過來的。……我一直好想見你一面呢。」

我現在的表情一定很蠢。的確，來自未來的朝比奈這個說法我比較能接受。這麼標緻的一個美人正站在我的眼前，讓我心想原來長大後的她竟然是這麼漂亮。再加上她長高了，也更性感了。但還真想不到她竟然會漂亮到這個程度。

「啊，你還是不相信吧？」

一身秘書打扮的朝比奈有點調皮地說著：

「那給你看個證據吧！」

話一說完，她立刻動手解起襯衫的鈕釦。當解開第二顆鈕釦時，便將露出來的胸部展現給一臉震驚的我看。

「你看，我這裡有顆星形的痣吧？這可不是黏上去的喔！要不要摸摸看？」

她的左胸口的確有顆星形的痣，彷彿那片雪白肌膚上一個引人注目的焦點，看起來相當有魅力。

「這下你相信了吧？」

這叫我該怎麼說呢？我根本不記得朝比奈胸口有沒有痣。雖然之前曾在她扮兔女郎時，被迫看到她換衣服，可是我根本不會注意到那麼細微的地方。當我說完這些話後，充滿吸引力的成熟版朝比奈便說：

「奇怪？要不是你說過我有這顆痣，我自己也不會發現。」

朝比奈疑惑地微傾著頭，緊接著她雙眼圓睜，臉頰迅速泛紅。

「啊……討厭啦，我剛剛……啊，對了！這時候還沒……哇啊，怎麼辦？」

罩衫領口還敞開著的朝比奈，雙手捧著臉頰直搖頭。

「我搞錯了……對不起！請忘了剛剛發生的事！」

這很難吧！對了，妳還是先把釦子扣上吧！我都不知眼睛該往哪裡擺了。

「知道了，我就先相信妳吧！現在的我對什麼事都很容易相信。」

「什麼？」

「沒事，我只是在自言自語而已。」

依舊捧著紅通通的雙頰、年齡不詳的朝比奈發現到我盯著她的視線後，連忙將釦子扣好。

調整好坐姿後，乾咳了一聲。

「你真的相信身處這個時間平面的我是來自未來嗎？」

「當然。咦，如果真是那樣的話，也就是說有兩個朝比奈來到這個世界囉？」

「是的，過去的我……對我來說，現在正在教室裡跟同學一起吃便當的就是過去的我。」

「那個朝比奈知道妳來這裡嗎？」

「不知道，畢竟她是我的過去。」

原來如此。

「因為我想告訴你一件事，所以才硬要求上級讓我來到這個時空。對了，我先請長門同學離開了。」

如果是長門，就算見到這個朝比奈，大概連眼睛也不會眨一下吧！

「……妳知道長門的真正身份嗎？」

「對不起，我無可奉告。啊，我已經好久沒講這句話了。」

「我前幾天才剛聽過而已。」

也對。朝比奈輕輕地敲了一下自己的頭，並吐了一下舌頭。這的確是朝比奈會做的動作。

然而，她的表情卻突然正經起來。

「我不能在這裡停留太久，因此我就長話短說了。」

要說什麼就儘管說吧！

「你知道白雪公主嗎？」

我望著身高沒什麼太大變化的朝比奈。她那對黑色的眼瞳看起來有些濕潤。

「知道是知道啦……」

「今後不管遇到什麼困難，我都希望你能想想這個故事。」

「妳是指七個小矮人、魔女和毒蘋果嗎？」

「沒錯，就是白雪公主的故事。」

「我昨天才剛遇到一個大麻煩呢。」

「不是那樣的，是更嚴重……的事。詳細情況我無法向你說明，到時涼宮春日應該也會在你身邊。」

春日？也會在我身邊？妳是說我會和她一起捲進麻煩的事件裡嗎？什麼時候？地點呢？

「……或許涼宮同學並不覺得那是件麻煩……但對你及我們全體而言，都是件相當棘手的事。」

「詳細情形……妳不能告訴我吧？」

「對不起，我只能給你提示而已。這是我唯一能做的。」

成熟的朝比奈一臉歉然欲泣的模樣。沒錯，朝比奈的確常露出這種表情。

「妳是指白雪公主的故事嗎？」

「沒錯。」

「我會記得的。」

見我點頭後，朝比奈表示她還有一點時間，於是便以懷念的表情環視了一下社團教室，還珍惜似地摸了摸吊在衣架上的女侍服。

「以前常穿這套衣服呢！不過，現在絕對不敢穿。」
「現在也很像在假扮粉領族。」
「呵呵，我又不能穿制服進來，所以只好扮成老師了。」
有些人就是天生的衣架子。
「對了，春日還曾讓妳穿過什麼衣服？」
「不告訴你，因為很丟人。更何況到時候你就會知道了，不是嗎？」
穿著拖鞋的朝比奈來到我面前。我發現她眼睛異樣的濕潤，臉頰也有點紅。
「那我就先走囉！」
欲言又止的朝比奈正視著我。看著她好像在渴求什麼似地顫抖的嘴唇，心想或許該來個親吻的我伸手打算抱住她的肩膀時，卻被她躲開了。
朝比奈輕輕一個扭身——
「最後還有一個要求，那就是請你不要跟我太親近。」
她用有如鈴蟲嘆息般微弱的聲音說道。
我急忙出聲叫住往入口處跑的朝比奈。
「我有個問題想問妳！」
正要打開門的朝比奈突然停止動作。

「朝比奈小姐，妳現在到底幾歲？」

輕撥了一下捲髮的朝比奈轉過身，露出媚惑眾人的笑容說：

「無可奉告。」

門就這麼關上了。就算我現在追出去，也於事無補。

哇，真沒想到朝比奈長大後會變得那麼漂亮。接著，我突然想起一開始的第一句話。她說了什麼呀？「好久不見了」，這句話只代表著一個意思，那就是朝比奈已經有好長一段時間沒見到我了。

「對了，就是這樣。」

因為身為未來人的朝比奈回到了屬於她的不遠時空，之後經過了好幾年的時間，她才在現在這個時空與我重逢。

對她而言，到底經過多久了？從她成長的模樣看來，大概是五年……或三年吧！因為女孩子只要高中畢業後，就會有很明顯的變化。像我表姊就是這樣，高中畢業前一直都是個不起眼的秀才型女生，沒想到一上大學後就立刻從醜醜的蛹，羽化成美麗的蝴蝶。可是，這麼一來我就更搞不懂現在的朝比奈到底是幾歲，我可不認為她真的是十七歲喔！

肚子好餓喔，回教室吧！

「……」

就在此時，長門有希便頂著那張有如被冷凍保存般毫無變化的冷漠臉龐走了進來。不過，她今天沒有戴眼鏡，目光就這麼赤裸裸地投射在我身上。

「唷，妳剛剛有沒有跟一個長得很像朝比奈學姊的人擦身而過？」

我半開玩笑地說著。

「我早上就見過朝比奈實玖瑠的異時間同位體了。」

長門靜悄悄地在椅子上坐了下來，然後把書本放在桌上攤開。

「現在已經不在了，她已經從這時間消失了。」

「妳該不會也能做時間移動吧？還有那個資訊什麼體的？」

「我不會。不過，時間移動並沒有那麼困難，只是現在的地球人還沒發現原理罷了。時間就跟空間一樣，要移動是非常簡單的。」

「能不能教我一下？」

「那是無法用語言說明的概念，而且就算我說了，你也聽不懂。」

「是嗎？」

「是的。」

「那就沒辦法了。」

「沒辦法。」

跟這種木頭人講話感覺滿沒意思的，於是我便決定回教室。現在應該還有時間吃飯吧！

「長門，昨天謝謝妳了。」

只見她木然的表情稍稍動了一下。

「用不著道謝。朝倉涼子的異常行為是我的責任，是我管理不當。」

她的瀏海微微晃動。

該不會是在向我低頭行禮吧？

「妳不戴眼鏡果然比較好看。」

她沒有回答我。

本來想迅速衝回教室吃便當的，沒想到春日竟然站在教室門口堵我，害我的吃飯計畫落空。莫非是命中註定？看來，我已漸漸修煉到看破紅塵的境界了。

已經在走廊上等很久的春日用不耐煩的口氣罵道：

「你是跑到哪裡去了？我以為你會馬上回來，連飯都沒吃地在等你耶！」

這聽起來根本不像是真的在生氣，反而比較像一個青梅竹馬的女生為了掩飾尷尬而撒嬌的感覺。

「別杵在那裡！跟我來！」

春日用摔角的「關節技」緊扣我的手腕，將我拖到了昏暗的樓梯間。

我肚子真的很餓耶！

「我剛剛在教師辦公室問了岡部，老師們好像是到早上才知道朝倉要轉學的事。聽說是一大早有個自稱是朝倉父親的男人打電話來，說他們因為有急事要搬家。而且，你知道是搬到哪裡嗎？加拿大耶！哪有這種事啊？太詭異了吧！」

「是嗎？」

「然後，我就說自己是朝倉的好朋友，想請老師告訴我她在加拿大的聯絡方式。」

拜託，妳根本沒跟人家講過什麼話好嗎？

「然後你知道怎樣嗎？老師竟然說不知道。一般搬家的話，不是都會留下住址嗎？這其中一定有問題。」

「沒有啦！」

「然後我就順便問了朝倉涼子搬家前的住址，準備等放學後過去看看。說不定能發現什麼。」

這女人還是一樣不聽別人說話。

算了，我不想阻止她了。反正白費功夫的人是春日，不是我。

「你也要一起去。」

「為什麼？」

春日氣憤地拱起肩膀，然後有如準備噴火前的怪獸般深深吸了一口氣，再用足以傳遍整條走廊的超大音量大喊——

「因為你也是ＳＯＳ團的一員！」

遵從春日命令的我慌忙退場，接著再到社團教室告訴長門，今天我跟春日都不去參加社團活動，還交代她要是朝比奈跟古泉下了課有過來，再將這消息告訴他們。但因為不知道這個沈默的外星人會搞出什麼狀況，為了保險起見，我還是在社團教室裡剩下的傳單背面，用麥克筆寫上「ＳＯＳ團今天休會　春日」，然後用圖釘釘在門上。

撇開古泉不談，這麼一來朝比奈就能省下換女侍服的時間了。

拜這些事情所賜，還沒吃東西的我，竟然在此時聽到第五節上課的鐘響，一直到下課的空檔時間才吃到飯。

若說我從沒做過跟女孩子肩並肩一起放學的這種宛如偶像劇般的夢，絕對是騙人的。雖然這個夢想現在正在實現中，但我卻一點也開心不起來。這到底是怎麼回事？

「你剛才說了什麼？」

走在我左邊，邁著大步，手裡拿著便條紙的春日問道。我自動把她的話轉化為「你有什麼不滿嗎？」

「不，沒有。」

我們走下坡道，沿著私鐵的鐵軌走著。再往前一點就是光陽園車站了。

心想就快到長門住的公寓了，沒想到春日果真朝那個方向走，然後在一棟熟悉的全新出售公寓前停了下來。

「朝倉好像住在這裡的505室。」

「原來如此。」

「什麼原來如此？」

「不，沒什麼。對了，妳準備怎麼進去？妳看，連玄關的大門也上鎖了。」

我指著對講機旁的數字鎖說：

「這是要輸入數字才能開門的門鎖，妳知道號碼嗎？」

「不知道，這種時候就要採用持久戰了。」

妳是打算等什麼啊?才這麼想，其實也沒等很久。因為有個像要出門買東西的大嬸從裡頭開了門，狐疑地望了我們一下後就走掉了。春日就趁大門還沒關上前，用手擋著。

這方法不太聰明。

「快點過來!」

我就這樣被強拉進玄關，然後恰好搭上停在一樓的電梯。搭電梯時沈默地望著樓層顯示是一種禮貌——

「那個朝倉啊……」

不過春日似乎不懂這種禮節。

「還有許多奇怪的地方。她之前好像也不是唸市內的國中。」

這還用說。

「我稍微調查了一下，發現她是從外縣市的國中越區來唸北高的。一定有問題!北高又不是什麼升學名校，只是一所普通的縣立高中而已。為何她要大費周章地來念這所學校?」

「不知道。」

「不過家離學校這麼近，而且還是住在分售型公寓，還不是租的。這裡地點這麼好，房價一定很貴。難道她以前都從這裡通車到外縣市的國中上課?」

「都跟你說不知道了。」

「看來，有必要調查朝倉是從什麼時候開始住在這裡的。」

電梯到了五樓，我們先是沈默地望了505室的大門片刻。原本應該有的門牌如今已被抽掉，顯示這是間空房。春日輕扭了一下門把，但當然是打不開的。

春日雙手交叉在胸前，思考著該怎麼進入屋內調查，而我則在一旁強忍著呵欠。這根本就是在浪費我的時間。

「去找管理員吧！」

「我可不認為他會借鑰匙給我們。」

「不是的，我只是想問他朝倉是從什麼時候開始住在這裡的。」

「算了，我們回家吧！知道那種事又能怎樣？」

「不行。」

我們搭電梯回到一樓，然後走向玄關旁的管理員室。乍看之下玻璃窗的對面並沒有人，不過按了牆上的電鈴後，便有一個滿頭白髮的矮小老爺爺緩緩出現。

在老爺爺還來不及說話前，春日已經霹靂啪啦講了一堆。

「我們是之前曾住在這裡的朝倉涼子的朋友，她突然搬家也沒留下新家地址，害我們無法聯絡她。能不能請問一下她搬到哪裡去了？另外，還想請問您朝倉是從什麼時候開始住在這裡的？」

當我驚嘆原來春日也會用這種正常的口吻說話時，似乎有點重聽的管理員則不停「什麼？」、「啊？」地應著。儘管如此，春日還是從老爺爺的口中得知，其實他也對朝倉一家突然搬家的事感到相當意外（根本就沒看到搬家公司來，但房子裡的家具卻全都不見了，實在嚇死人了。），還有朝倉家在三年前搬進這裡（我還記得那個臉蛋長得相當漂亮的小姑娘，還拿日式點心禮盒來送我呢！），以及他們家並沒有用貸款，而是一次就用現金付清（我想他們家應該非常有錢吧。）等等的事。哇塞！你可以去當偵探了。

老爺爺似乎也很開心能跟春日這種年輕女孩說話。

「對了，雖然我常看到那位漂亮的小姑娘，但卻不記得曾跟她父母打過招呼。」

「我記得那小姑娘好像名叫涼子，是個氣質很好的女孩子。」

「原想至少也要跟她說聲再見……，實在太可惜了。對了，妳也長得很可愛呢！」

當老爺爺似乎要開始講同樣的事情時，春日便判定不可能從他身上得到更多的資訊，於是便對他禮貌地行了個禮說：

「謝謝您的幫忙。」

然後催促我離去。其實根本不需春日催促，我已經準備跟在她身後離開公寓。

「小子，那位小姑娘以後一定會變成大美人的，可別讓她逃掉啊！」

老爺爺這句話根本是多餘的。我擔心的是應該也聽到了的春日，不知會有什麼可怕的反應，但她卻一語不發地繼續向前走，而我也識相地保持沉默。從玄關處走沒幾步路，恰好遇到手提便利商店塑膠袋，背著書包的長門。平常總是在社團教室待到放學時間的長門，會在這種時間出現在這裡，想必表示她今天在我離開後，也馬上就離開了學校。

「哎呀，妳該不會也住這裡吧？好巧哦！」

皮膚白皙的長門點了點頭。拜託，這哪算巧。

「妳有沒有聽到一些什麼關於朝倉的事？」

她搖了搖頭。

「是喔。如果妳聽到了什麼有關朝倉的消息，記得告訴我喔。」

她點了點頭。

我看著裝了罐頭和菜餚的便利商店袋子，心想原來這傢伙也會吃飯啊！

「妳的眼鏡怎麼了？」

長門並沒有直接回答問題，只是沉默地望著我。我被她看得有些心慌，而春日則一副根本不認為她會回答的樣子，輕輕聳了一下肩膀，便頭也不回地走了。我舉起手朝長門揮了揮表示道別。當我們兩個擦身而過時，長門突然用只有我才聽得見的音量說道：

「小心一點。」

這次又要小心什麼啊？正當我轉過頭要問時，長門已經走進公寓裡了。

我跟在沿著鐵軌走的春日背後兩三步的距離，漫無目的地走著。再這樣走下去，只會離家越來越遠，於是我忍不住問春日接下來要去哪裡。

「沒要去哪裡。」

她回答。我望著春日的後腦杓說：

「那我可以回家了嗎？」

此時，她突然停下腳步，整個人有點要往前倒的樣子。接著，便用宛如長門般的白皙冰冷表情望向我。

「你曾不曾覺得自己其實是地球上一顆小小的螺絲釘？」

接著又說：

「我就有這種體驗，永遠都忘不了。」

春日就站在沿著鐵路的線道，不，步道上開始說了起來。

「小學六年級時，我們全家曾一起去球場看棒球。雖然我對棒球沒什麼興趣，但入場後卻嚇了一跳，因為放眼望去到處都是人。球場對面的觀眾看起來就像米粒一樣小，而且不停蠢動著。當時我以為全日本的人都聚集到這個空間來了。於是，我問了我爸現場到底有多少人。我爸回答我因為觀眾爆滿，應該有五萬人吧！比賽結束後，通往車站的道路上全都擠滿了人。看到那副景象，讓我不由得愣住。眼前明明有這麼多的人，卻只是日本總人口的一小部份。因為曾在社會課時學過日本有一億多的人口，於是，回家後我用計算機算了一下，才發現五萬人不過是所有人口的二千分之一而已。那時，我又愣住了。原來我不過是球場上那麼多人中的其中之一，而球場上看起來那麼多的人，也不過佔總人口的兩千分之一罷了。在那之前，我一直覺得自己是個挺特別的人，不但與家人相處和樂，也覺得自己的班上聚集了全世界最有趣的人。不過那一刻，我才發現事情根本不是那樣。我在班上體驗到的自認為世界上最快樂的事，其實在每一所學校都會發生。對日本全國的人民而言，並沒有什麼特別的。當我發現這件事時，突然覺得周圍的世界都褪了色。晚上刷牙睡覺、早上起床吃飯，這種事到處都看得到。一想到這是每個人都在過的普通生活，就覺得好無聊。我深信既然世界上人口這麼多，那其中一定也有過著毫不平凡、充滿趣味生活的人，但為何不是我呢？小學畢業前，我一直在想這件事。最後終於讓我想到了，一直等待有趣的事降臨是沒用的。因此，升上國中後，我決定改變自己。我要讓這個世界知道，我不是個只會等待的女生，而我也認為自己盡力了，但結果還是一樣。就這樣，在不知不覺間升上了高中，我還是相信生活能有一些變化。」

春日簡直像辯論大會的參賽者一樣滔滔不絕地說著。說完後又很後悔自己說出這件事似

地，露出後悔的表情仰望著天。

電車在軌道上疾駛而過。拜那轟隆聲響之賜，我得以有時間思考此時是該繼續追問下去，還是該引用些哲學論點來敷衍春日。我下意識地目送留下多普勒效應（註：Doppler shift，一種聲波效應）後離去的電車，然後說道：

「是嗎？」

我對只能這麼說的自己感到有些難過。春日輕按著被電車捲起的狂風吹亂的頭髮說：

「回去吧！」

說完後，她便朝著來時的方向走去。雖然從春日離去的那個方向回家比較快，但她的背影就像無言地在向我宣告「別跟來！」。所以我只能留在原地，目送春日離去，直到看不見人影為止。

我到底是在幹嘛啊。

回到家後，發現古泉一樹在家門口等我。

「你好。」

他那彷彿見到老朋友似的笑容看起來有點虛偽。穿著制服背著書包，一副剛下課模樣的他，熱情地朝我揮著手。

「我想履行上次對你做的承諾，所以在這裡等你。沒想到你竟然這麼早就回來！」

「聽你的口氣，應該知道我剛剛去了哪裡。」

總是一張笑臉示人的古泉說：

「可以耽誤你一點時間嗎？我想帶你去一個地方看看。」

「和涼宮有關嗎？」

「和涼宮同學有關。」

我打開自家大門把書包放在玄關，接著對正巧出現的妹妹說我會晚點回來後，便走回古泉身邊。

數分鐘後，我們坐上了車。

古泉在我家門口攔下了正巧經過的計程車後，現在這輛車正沿著國道往東邊開去。剛上車時古泉所講的地名，位於縣外的某個大都市，其實坐電車去會比較省錢，但反正付錢的人是他，所以無所謂。

「對了，你剛剛說的承諾是指什麼？」

「你不是說如果我真的有超能力的話，就叫我拿出證據來嗎？現在剛好有這個機會，所以就想請你作陪囉！」

「有必要特地跑那麼遠嗎？」

「嗯。我必須在某個特定地點、特定條件下才能發揮超能力。而我們目前前往的地點，正好滿足了各方面的條件。」

「你還是認為春日是神？」

和我一同坐在後座的古泉斜眼看了看我。

「你聽過人類原理這個名詞嗎？」

「沒聽過。」

古泉突然發出換氣似的笑聲說道：

「總之，就是『人類藉由觀測才得以發現宇宙的存在』這樣的理論。」

完全不懂。

「因為觀測，所以才有宇宙的存在。總之，就是世上名為人類的知識生命體在發現許多物理法則和定律後，藉由觀測了解宇宙的生成，並得知宇宙的存在。假設觀測宇宙的人類和地球沒有進化到目前這種程度，那麼就無法進行觀測，也無法發現宇宙的存在。也就是說不管宇宙存在與否，對沒有進化到某個程度的人類來說都是一樣的。正因有如此進化的人類存在，宇宙的存在才會為大家所接受。這就是以人類的角度思考得來的想法。」

「真是奇怪的想法！不管人類存不存在，宇宙就是宇宙啊！」

「沒錯。所以人類原理並不符合科學，不過是一種思索理論罷了。但是，這裡頭倒浮現了一些有趣的事實。」

計程車因紅燈而停了下來。司機直視著前方，連看都沒看我們一眼。

「為何宇宙會以適合人類生存的型態被創造？重力常數只要有一點點的差距，宇宙就不會是目前這個世界的樣貌了。其他像是普朗克定數、粒子的質量比，簡直就像為人類量身訂做似地恰好符合某個特定值，才造就了世界及人類。你不覺得這非常不可思議嗎？」

我突然覺得背後癢了起來。因為古泉說的一切，就像受科學影響的新興宗教傳教小冊子上的歌功頌德文句。

「你放心吧！我並不認同萬能的絕對天神，就是創造全人類的造物主，我們的同伴也是這麼認為的。不過，有一點我們非常懷疑。」

懷疑什麼？

「我們所做的事，該不會只和用雙手倒立在懸崖邊的小丑一樣愚蠢吧？」

我現在臉上的表情一定很奇怪吧！否則古泉才不會發出那種只有不停喘氣的母雞才會發出的笑聲。

「開玩笑的啦！」

「我真的完全聽不懂你在說什麼。」

我很想直截了當地告訴他，我可沒時間陪你玩這種無聊的遊戲、能不能放我下車？麻煩掉個頭好嗎？如果可以的話，後者是最好的。

「我只是拿人類原理來作比喻而已，還沒正式提到涼宮同學的事呢。」

奇怪！為何你、長門還有朝比奈都那麼喜歡春日？

「我認為她是個很有魅力的人。先別提這個，你還記得我曾說過這個世界有可能是涼宮同學創造的事嗎？」

雖然討厭這個說法，不過腦海裡似乎還有點印象。

「她擁有實現願望的能力。」

不要講得那麼斬釘截鐵好嗎！

「我不得不這麼認為，因為目前的情況正照著涼宮同學的意思進行。」

怎麼可能！

「涼宮同學一直認為世上絕對有外星人，所以長門有希出現了。而她同樣也渴望見到未來人，所以朝比奈實玖瑠也出現了。然後是我，我也基於同樣的理由出現在她面前。」

「那你又是怎麼知道的？」

「就在三年前——」

又是三年前！我已經聽膩了。

「某天，我突然發現自己擁有某種力量，而且不知何故，我竟然很清楚該如何使用這股力量。此外，我也發現了跟我擁有同樣力量的人也開始覺醒，還有這種力量都是涼宮春日帶來的。但這些事我無法詳細說明。反正我就是知道，無法解釋。」

「好吧，就算我讓你一億步好了，我還是無法相信春日有這種能力。」

「這也難怪，因為連我也不太相信。區區一名少女就能改變世界，不，或許該說創造世界才對，而且那名少女還覺得這個世界一點都不好玩。這就有點恐怖了。」

「為什麼？」

「我之前不是說過了嗎？如果她可以自由創造世界，那麼她自然能讓目前這個世界化為烏有，再按照她的意思重新創造一個新世界。如此，就如同字面上的意思，世界末日就會降臨了。我們雖無從得知這個想法是對是錯，但說不定連我們認為獨一無二的這個世界，其實也已經被重覆創造過很多次了。」

我想用其他字眼來取代用了N次的「真不敢相信」。

「既然如此，你就告訴春日你的真實身分啊！讓她知道超能力者其實是存在的，我想她一定會很高興。這麼一來，說不定她就不會想對這個世界怎麼樣了。」

「那樣問題可就大了。要是涼宮同學認為超能力者的存在是件稀鬆平常的事，到時整個世界就會變成那樣。所有的物理法則都會扭曲，質量不變的法則、熱力學第二定律，還有整個宇宙，都會變得亂七八糟的。」

「有件事我一直搞不懂。」

我說：

「我記得你曾說過是因為春日渴望見到外星人、未來人、超能力者，你跟長門還有朝比奈才會出現吧？」

「是的。」

「既然如此，為何春日一直都沒發現？相反的，反而是你們跟我都知道了，這未免太奇怪了吧！」

「你覺得矛盾？其實並沒有，真正矛盾的是涼宮同學的心。」

用我聽得懂的話講啦！

「也就是說，她既期盼有外星人、未來人、超能力者的存在，可是她的常識又告訴她世上根本沒有這些東西，這兩種想法不停在在她心中拉鋸。雖然她的言行勁爆，但其實她的思考模式還是跟普通人沒兩樣。她國中時代那種暴風般的精神，這幾個月已經逐漸穩定，而我們也樂見她穩定下來，沒想到最近又發生了龍捲風般的驚人變化。」

「到底是怎麼回事？」

「都是因為你的關係。」

古泉嘴角微揚。

「要不是你讓涼宮同學產生了奇怪的想法，我們現在都還藏身在遠處觀察她。」

「我做了什麼？」

「是你鼓吹她成立那個怪社團的。因為與你的一席談話，她才想出創立一個聚集許多奇妙人類的社團這個點子，所以你必須負起所有的責任。因為你的關係，關心涼宮春日的三股勢力末端才會齊聚在一堂。」

「……真是冤枉啊！」

我無力地反駁著，古泉則微笑著說道：

「但理由還不只這些。」

他說完這句話後，就閉上了嘴。而在我打算說些什麼之前，司機突然開口：

「到了。」

車子停了下來，車門接著被開啟，我和古泉在一片嘈雜中下了車。雖然計程車司機沒收車錢就開走了，我卻一點也不驚訝。

住在附近的人若提到上街，大部分都是指到這一帶。這裡連結許多私鐵及國鐵車站，是擁有許多百貨公司和複合式建築物的日本地方都市之一。夕陽忙碌地將路上的行人染上明亮的色彩。眼前的十字路口在綠燈亮起時，立刻被不知從哪裡湧現的眾多行人佔領。在人行道旁下車的我們，被擁擠的人朝沖散了一會兒。

「你帶我來這裡，到底是要跟我說什麼？」

緩步走在斑馬線上，古泉望著前方說：

「現在要回去還來得及喔！」

「都這個時候了，還說這個幹嘛。」

走在我身邊的古泉突然握住我的手。你幹嘛啊，很噁心耶！

「抱歉，不過能不能請你先閉上眼睛？馬上就好了，只要幾秒鐘。」

我閃了一下，以防穿著西裝的上班族撞到我。綠燈開始閃爍。

好吧！於是我乖乖閉上了眼睛。耳朵聽得見大量的腳步聲、車子的引擎聲、分秒不曾間斷的人聲、以及其他各種喧囂聲。

在古泉的牽引下，我往前走了一步、兩步、三步，然後停了下來。

「可以了。」

我緩緩張開眼睛。

整個世界被染成了灰色。

真的好暗。我不由得抬頭望向天空。到處都找不到剛剛還散發著耀眼橘色光芒的太陽，天空被暗灰色的雲籠罩。那真的是雲嗎？毫無缺口的平面空間在眼前無限延伸，昏暗地覆蓋了四周。朦朧的燐光取代了太陽，在灰色的天空上綻放著微弱的光芒，讓整個世界免於陷入完全的漆黑。

到處都看不到人。

除了站在十字路口正中央的我和古泉外，剛剛還擠滿整個人行道的擁擠人潮，如今已不知消失到哪裡去了。在一大片昏暗的視野裡，只有交通號誌空虛地閃爍著，然後變成了紅燈。另一邊的車道則變成綠燈，但卻沒有半輛車在路上行駛。四周寂靜到令人不禁懷疑是不是連地球的自轉都停止了。

「我們位在異次元斷層的夾縫中，這是一個與我們生存的世界完全隔絕的閉鎖空間。」

古泉的聲音在沈靜的空間裡顯得異常響亮。

「這個十字路口的正中央恰好是這個閉鎖空間的《壁》。你看，就像這樣。」

古泉伸出的手像受到阻擋似地停在空中。我也模仿他的動作試著朝旁邊伸出手，觸感就像冰冷的洋菜一樣。我的手指稍稍戳進擁有彈性的無形牆壁，可是深入還不到十公分就無法再前進了。

「這閉鎖空間的半徑大概有五公里。通常，用普通的物理方式是進不來的。我所擁有的能力之一，就是能夠進入這樣的空間。」

有如竹筍般從地表竄起的數棟大樓裡，連一盞燈都沒點上。商店街上的店面也是黑漆漆的。整個空間裡唯一綻放著的人工光芒，只有微弱的路燈而已。

「這裡是哪裡？」

不，應該問這裡是什麼空間才比較恰當。

我們邊走邊向你解釋吧。古泉若無其事地說：

「雖然我不清楚詳細狀況，但這個世界是距離我們所居住的世界不遠的異次元空間……。這樣說吧，剛剛那個地方發生了異次元斷層，然後我們就進入了時空的夾縫中。而此時此刻，外部的空間仍然繼續著同樣的生活。而凡人……也幾乎不會迷路誤闖這裡。」

我們走過馬路，古泉用早已決定好方向的腳步前進。

「你不妨想像一下地面上隆起了一個像是倒蓋的碗般的巨蛋形空間。而這裡就是它的內部。」

我們走進混居公寓裡。裡面完全不見半個人影，就連一絲灰塵也沒有。

「閉鎖空間完全是隨機發生的。有時隔天出現一次，有時則是隔了好幾個月才會出現。不過，我唯一清楚的就是……」

我們爬上了樓梯，四周非常的暗。要是眼睛不盯緊走在前方的古泉，只怕就要絆倒了。

「只要涼宮同學的精神不安定，這個空間就會出現。」

我們來到四層樓高的混居公寓屋頂。

「只要閉鎖空間一出現，我就能探索到，我的同伴也是。為什麼我們會知道，老實說我們也不曉得。反正就是莫名其妙就可以知道閉鎖空間出現的地點跟時間，以及侵入的方法。這種感覺是用言語無法形容的。」

我扶著屋頂上的欄杆往天空一看，完全感覺不到風的吹拂。

「你特地帶我來看這個？可是，這裡根本沒半個人啊？」

「不，接下來才是重頭戲。馬上就要開始了。」

少在這裡故弄玄虛！但是古泉卻假裝沒看見我臉上的不悅。

「我的能力不只是找出閉鎖空間並侵入其內部而已。老實說，我還有反應涼宮同學理性的能力。這個世界就好比涼宮同學的精神波動所產生出來的青春痘，而我就是治療青春痘的藥。」

「你的比喻還真難了解。」

「常有人這麼說。不過，你也很了不起呢！看到這種狀況，竟然一點都不害怕。」

這時，我不禁想起憑空消失的朝倉及高雅成熟版的朝比奈。這類經驗我已遇過太多次了。

突然，古泉抬起頭，目光望向遠方的某一點。

「好像開始了，轉頭看看後面吧。」

我看到了。

在遠方的高樓縫隙間，出現一個發著藍光的巨人。

他比三十層樓高的商業大樓還高出一個頭。那渾身呈現黯淡深藍色的細瘦身軀，似乎帶有發光物質，不停地從身體內部發出光芒。因為周遭太暗了，看不清他的輪廓，他臉上也沒有堪稱五官的東西。除了眼睛和看起來像是嘴巴的部分比較暗外，其他地方都是一片平坦。

那是什麼東西啊？

巨人有如打招呼般地緩緩抬起一隻手，然後有如揮柴刀似地用力一甩。

他身邊的大樓從屋頂往下被撞掉了一半，水泥、鋼筋、瓦礫有如慢動作似地掉落地面，發出震耳欲聾的聲音。

「我們認為這是涼宮同學內心焦慮的具體化表現。好像每當她內心的糾結達到某個臨界點，這個巨人就會出現，並將四周破壞殆盡以發洩壓力。但我們又不能讓他在現實世界胡來，那樣鐵定會造成莫大的破壞，所以才產生了這樣的閉鎖空間，好讓他在內部進行破壞。是不是很理性啊？」

每次只要發出藍光的巨人揮動手臂，大樓就會被攔腰打斷然後崩毀，而巨人則踩著大樓的殘骸往前邁進。出乎意料的是，耳邊只聽得到建築物崩壞的鈍重聲響，可是卻聽不到巨人的腳步聲。

「若按照物理觀點來看，像他那樣的巨人應該會因自己的體重而無法站立。可是，他卻像處於無重力狀態似地隨意走動。雖然破壞大樓這種舉動牽扯到質量的改變，但這個原理似乎不適用在他身上。所以就算出動軍隊，想必也無法阻止他。」

「這麼說就得任憑他胡來囉？」

「不，這就是我存在的原因。請看那邊。」

古泉伸手指向巨人。我凝神望向他所指的地方。幾個剛剛並沒出現的紅色光點，正在巨人的周圍飛動。和與高樓等身的高大藍色巨人比起來，那些紅色光點簡直像芝麻一樣。儘管數目算起來是五個，卻因移動的速度太快，我眼睛根本追不上。有如衛星般繞著巨人打轉的紅色光點，看起來就像在阻礙巨人往前移動。

「那些是和我一樣從涼宮同學那裡得到了力量的同志，也就是狩獵巨人的戰士。」

紅色的光粒巧妙地避開破壞街道的巨人雙臂的攻擊，一面急速地變化飛行軌道，一面突擊巨人的身軀。巨人的身體彷彿是由氣體組成的，光點輕易就貫穿了他。

不過，巨人卻無視於眼前飛舞的紅色光點所發出的攻擊，再度揚起手，摧毀了另一棟百貨公司大樓。

就算複數的光點一齊朝巨人攻擊，依舊改變不了他的動作。巨人的身體被高速雷射光似的紅色光線貫穿，不過因距離太遠，無從得知他受到多大的損傷。唯一可以知道的是，巨人身上並沒有被光線鑿開一個洞。

「好了，我也該加入他們的行列了。」

古泉的身體開始發出紅色的光。發著光的古泉，身體不一會兒就為紅色的光球所吞沒，如今在我眼前的並非人類，而是一個巨大的光球。

真是太荒唐了。

往上浮起的光球像在對我打暗號似地，開始左右晃動起來，最後以極快的速度朝巨人筆直飛去。

因為遠方的光球一直沒靜止過，所以我根本無法算清楚他們的總數，不過在古泉加入後，應該還不到10個就是了。雖然他們果敢地朝巨人的身體衝去，但都只能穿透他的身體而已，根本沒什麼殺傷力。當旁觀的我這樣想時，其中一個紅色光點突然接近巨人的一隻手腕，然後沿著它飛了一圈。

下一秒，巨人的手腕就這麼被切斷了。失去主人的手腕往地面落下，同時發出馬賽克狀的耀眼光芒，接著手腕旋即失去厚度，有如被太陽照射到的雪花般消失得無影無蹤。巨人失去手腕的斷面緩緩冒出藍色煙霧，那大概是他的血吧！眼前這一幕還真是奇幻啊！

紅色的光點似乎改變了橫衝直撞的攻擊方式。當他們像包圍小狗的跳蚤般一同朝巨人的身體接近時，藍色的光線開始晃動。紅色的光線斜切過巨人的臉，他的頭就這麼滑落了下來，接著肩膀也開始崩落，片刻後巨人的上半身便被切割成相當怪異的形狀。被切落下來的部位發出馬賽克狀的光芒，然後擴散、消失。

由於巨人所在的位置剛好是一大片荒野，並沒有任何遮蔽物，所以我便能從頭到尾觀看整個過程。在巨人失去大部分上半身的同時，整個身軀也開始崩壞。最後分解成比灰塵還小的微粒，灑落在瓦礫堆上。

而剛才還在上空盤旋的紅色光點在確定完成任務後，便往四方散去。大部分都立刻消失不見，只有一個朝我這邊飛來，最後緩緩在混居公寓的屋頂上降落。只見紅色光球的光芒逐漸減弱，最後停止發光。接著，裝模作樣地撥著頭髮的古泉，便帶著微笑站在我面前。

「讓你久等了。」

他的氣息平順，沒有一絲紊亂。

「最後，再讓你看個有趣的東西。」

古泉的手指向天空。半信半疑的我緩緩抬起頭，接著就在深灰色的天上看到了那個東西！

在巨人最初出現的地點上空附近，出現了一道裂縫。就像準備孵化的雛鳥，啄破蛋殼造成的裂縫一樣。這道裂縫有如蜘蛛網般迅速成長、擴大。

「隨著那藍色怪物的毀滅，閉鎖空間也會跟著消滅。很像魔術表演吧！」

在古泉的說明快要結束的時候，巨大的裂縫已覆蓋了眼前的世界。就像被金屬製的巨大穴籠罩住一樣。只見網眼變得越來越細，最後僅剩下黑色的彎曲線條。就在這時候，啪嚦！

其實我並沒有真正聽到聲音，只是在腦子裡模擬玻璃的碎裂聲而已。從天頂某一點發出的亮光，瞬間呈弧形往四周擴散。我感覺光線緩緩灑了下來。不，這樣的描述好像不太貼切，應該用巨蛋球場的可開關屋頂，在幾秒鐘之內迅速打開來形容，還比較接近眼前的景象。不同的是，眼前不只是打開的屋頂而已，還有所有的建築物。

強烈的嘈雜聲震動著鼓膜，讓我反射性地摀住耳朵。不過那巨響只是因為我在無聲的世界待了一段時間，瞬間無法適應所造成的錯覺罷了。仔細一聽，原來是平日聽慣了的喧鬧聲。

世界又恢復原本的模樣。

沒有崩毀的高樓，也沒有灰色的天空，更沒有在天空飛舞的紅色光球。馬路上到處是車子和洶湧的人潮，大樓間的縫隙可看見熟悉的橘色陽光，世界上所有接受這溫暖光芒的萬物，猶如在感謝它似地，個個都拖著長長的影子。

只感覺到風在吹動。

「這樣你明白了嗎？」

離開混居公寓後，眼前竟如魔術般地停了輛計程車。在我們都坐進車內後，古泉這樣問我。仔細一看，司機竟然又是剛剛那位沈默的男子。

「不明白。」我真心地回答。

我就知道你會這樣說。古泉用含笑的聲音說道：「那隻藍色的怪物——我們稱之為《神人》，不過——就像我先前跟你說過的，他和涼宮同學的精神活動有很大的關連。當然，我們也是。只要閉鎖空間出現，只要《神人》開始活動，我們就能發揮超能力。那是只能在閉鎖空間中使用的力量。像現在，我就一點力量都沒有。」

我沈默地望著司機的後腦杓。

「雖然我不清楚為什麼只有我們這些人擁有這種能力，不過這或許跟對象是誰並沒有關係。就像中彩券的原理一樣。儘管中獎的機率很低，還是有人中獎。我只是突然被長矛刺中而已。」

感覺還真不幸呢！古泉苦笑著說道，而我只能繼續保持沈默。因為我根本不知道我該說些什麼。

「我們不能任《神人》隨意活動。為什麼呢？因為只要《神人》破壞得越嚴重，閉鎖空間的範圍就會擴大。你剛剛看到的那個空間算是小規模的。如果放任它不管的話，它會逐漸變大，最後會覆蓋整個日本，甚至是全世界。最後，那另一個空間裡的灰色國度，就會取代我們生活的這個世界。」

我終於開了口。

「為什麼你知道這麼多？」

「就跟你說知道了就是知道了，無從解釋，所有屬於『機關』的人都是這樣。某天突然發現自己知道關於涼宮同學的一切，以及她對這個世界的影響有多大，同時也發覺自己擁有超能力，更明白若放任閉鎖空間不管會帶來什麼結果。而一般的人在知道這些事情後，只會想要出點力看能不能幫上什麼忙。不過要是我們不做的話，這個世界一定會滅亡。」

那可就麻煩了。喃喃地說完這句話後，古泉就沈默了下來。

在我回到家之前，我們只是靜靜地望著窗外流逝的日常風景而已。

直到車子停止，我準備下車時，他才又開口：

「請多注意一下涼宮同學的行為。她原本呈現安定狀態的精神狀況，已經出現了活性化的徵兆。像今天這種情況，也有好一陣子沒發生了。」

即使我多注意，她還是會變成這樣，不是嗎？

「老實說，我也不知道。不過，我倒是覺得將一切都交給你處理也不錯。因為我們的同伴中，有些人的想法還挺錯綜複雜的。」

在我還來不及說話前，原本從半開車門中探出頭來的古泉早已將頭縮回車內，然後關上車門。目送著都市傳說裡常出現的幽靈計程車般的車子呼嘯而去時，我突然覺得自己很愚蠢，便大步走回家去。

第七章

自稱出自於外星人之手的人造人、自稱跨越時空的少女、自稱少年超能力戰隊的這三個人，為了取信於我，每個人都讓我看到了足以證明他們身分的證據。三個人依三種不同的理由，以涼宮春日為中心活動著。老實說，我覺得這樣還不錯。不，一點都不好。因為有一點我怎麼樣也搞不懂。

那就是，為什麼是我？

古泉說外星人、未來人、超能力少年為什麼會在春日身邊聚集，都是因為她心中如此希望才造成的。

那麼，我呢？

為何我會被捲入這一切？我只是個百分之百的普通人啊！又沒有突然對奇異的前世覺醒，也沒有什麼不可告人的謎樣神力，我只不過是個超級平凡的高中男生！

這故事的腳本到底是誰寫的？

還是有人讓我聞了什麼奇怪的藥物，才產生這麼多的幻覺？要不然就是被毒電波射中？到底是誰讓我陷入這種困境的？

是妳嗎，春日？

開玩笑的啦！

我根本什麼都不知道。

為何我非得這麼困擾呢？看來所有的原因似乎都出在春日身上。如果真要煩惱，也應該是春日煩惱吧！為何我得替她煩惱呢？根本沒有道理嘛！我說沒道理就是沒道理，我已經決定了！如果事情真如長門、古泉及朝比奈所言，那你們就去跟春日本人說呀！到時候世界會變成怎樣，都是春日的責任，跟我一點關係也沒有。

儘管去忙得團團轉吧！只要不是我就好了。

季節進入夏季到來前的倒數計時。我滿身大汗地爬著坡道，一面用脫下來的制服外套擦著汗水，一面伸手扯掉領帶，並將釦子解至第三顆。早上就這麼熱，那中午肯定更可怕。我咬牙走在通往學校的這條坡道上，此時肩膀突然被拍了一下。當我嚷著「別碰我啦！很熱耶！」而轉過頭時，谷口的臉剎時映入眼簾。

「嗨！」

並肩走在我身旁的谷口，果然也是一身汗。真是有夠討厭的，我精心弄好的髮型都被汗水弄濕變塌了。儘管他嘴上這麼說，感覺卻還是神采奕奕。

「谷口。」

當谷口自顧自地說起他家的狗怎樣怎樣這種無聊的話題時，我便插嘴問：

「我應該是個普通的高中男生吧？」

「什麼？」

谷口露出像第一次聽到超有趣笑話的誇張表情。

「你該先定義一下普通是什麼意思才對吧？否則整個對話就無法成立嘍。」

「是嗎？」

我開始後悔問他這個問題了。

「跟你開玩笑的！你說你普通？我可不覺得一個普通男生，會在無人的教室裡壓倒女生喔！」

當然，谷口應該是不會忘記這件事的。

「我也是個男人，自然會拿捏分寸，不會打破沙鍋問到底。你了解我的意思嗎？」

一點都不了解。

「你跟她是何時變成那種關係的？對方可是我所歸類為A⁻級美女的長門有希呢！」

原來長門在他眼中是屬於A⁻級。我趕緊順著谷口的話解釋：

「那是因為……」

我想谷口所想像的情節應該充滿著妄念、夢想，完全不切實際。於是，我決定用以下的說詞向他解釋。可憐的長門是春日強行佔領社團教室下的受害者，為此無法順利參加文藝社活動的她非常困擾，於是來找我商量。她問我有沒有什麼辦法能讓春日放棄文藝社社團教室，另覓他處。被她的誠摯訴求感動的我，決定幫助可憐的她，並在春日不知道的地方與她共同協商該如何善後。當我們在春日回去後的教室共商策略時，長門的貧血症突然發作。就在她差點昏倒在地時，我急忙伸手扶住她，沒想到你就衝進來了。這件事只要說開了，根本就沒什麼嘛！

「騙人！」

他說完還踢了我一腳。可惡，這可是我嘔心瀝血想出來的超完美、虛實交雜的故事耶！竟然沒騙到他！

「就算我相信這番謊言好了，我還是覺得你不是普通人。因為你竟然能讓平時根本不與人接觸的長門有希找你商量事情。實在不簡單。」

拜託，長門那麼有名啊？

「再怎麼說她都是涼宮的手下。如果你是個普通的高中男生，那我不就像跳蚤一樣普通了。」

接著，我又問了。

「谷口，你會使用超能力嗎？」

「啊？」

他一臉呆滯地走上第二段樓梯。他的表情簡直就像得知自己搭訕成功的美少女，竟然是邪教的傳教士那樣誇張。

「……原來如此，你終於也深受涼宮的毒害……。雖然相處的時間不長，不過你真的是個好人。以後請你不要接近我，以免把涼宮病毒傳染給我。」

我輕揍了谷口一拳，讓他忍不住笑了出來。哈哈，這傢伙要是有超能力的話，那從今天起，我就是聯合國理事長了。

走在校門口通往校舍的石階時，我內心還挺感激谷口的。因為和他說話的同時，暑氣好像消退了一些。

這麼熱的天氣，就連春日也承受不住似地全身無力趴在桌上，還憂鬱地望著遠方的山巒。

「阿虛，我好熱喔！」

是嗎？我也是。

「幫我搧風啦？」

「如果要幫別人搧，我寧願搧自己。這麼一大早的，我可沒多餘的力氣幫妳喔！」

全身軟趴趴的春日，完全不見昨天那副滔滔不絕的雄辯氣勢。

「你覺得實玖瑠下一套衣服應該穿什麼呢？」

兔女郎、女侍服之後應該是……等等，還有下一套啊？

「貓耳朵？護士服？還是把她打扮成女王好了？」

我在腦中想像朝比奈被迫換裝時紅著臉不斷掙扎的嬌小身軀，不覺一陣暈眩。啊，實在太可愛了。

發現我正在認真考慮的春日，眉頭緊皺地瞪著我，然後輕撥了一下耳後的頭髮。

「瞧你一副蠢樣。」

春日罵道。是妳先轉移話題的好嗎？不過我的表情八成像她說的那麼蠢，於是我也不打算反駁。當我用教科書幫她搧風的同時——

「真的好無聊喔！」

春日這樣嚷著，然後嘴唇無奈地下垂，表情簡直像個漫畫人物。

在輻射線最高峰，有如地獄般的午後體育課結束後，我們一面罵著「可惡的岡部，竟然讓我們連續跑了兩個小時的馬拉松」，一面在六班換下早已變成濕抹布的運動服，然後回到五班教室。

雖然早已上完體育課的女同學們都換好衣服了，但因為接下來只剩班會，所以幾個放學後要直接去參加運動社團的女生，依然穿著運動服。然而，令人不解的是，和運動社團完全無關的春日也穿著運動服。

「太熱了嘛！」

沒錯，這就是她的理由。

「沒差啦，反正去社團教室後還要換衣服啊！再加上我這禮拜當值日生，穿這樣比較好活動。」

用手托著臉頰望向窗外的春日，目光追尋著天空的積雨雲。

「這樣還挺合理的。」

拿運動服當朝比奈的下一個角色扮演主題也不錯呢！什麼？角色扮演這名詞用得不對？雖然不清楚她的來歷，但她現在可是正努力扮演一個高中生呢！

「你在胡思亂想些什麼對吧？」

春日的猜想準確到令我不禁懷疑她有讀心術。

「在我去社團教室前，不准你對實玖瑠做出什麼不軌舉動。」

那等妳來了之後就可以嗎？我把這句話吞回肚子裡，然後像被新上任的保安官用槍指著的西部時代通緝犯般，粗魯地張開了雙手。

我一如往常先敲了門，等待室內傳來回應後才進入社團教室。有如洋娃娃般孤單地坐在椅子上的可愛女侍，露出草原上向日葵般的燦爛笑容迎接我。好溫暖哦！而依舊坐在桌子旁看著書的長門，則像一朵綻放在春天的山茶花。唉呀，我是在亂比喻什麼啊！

「我去泡茶。」

整理好頭飾後，朝比奈便走近堆滿破銅爛鐵的桌子旁，小心翼翼地將茶葉裝進茶壺裡。

我在團長桌旁坐了下來，開心地望著忙碌的朝比奈時，我突然靈光一閃。

我立刻打開電腦的電源，等待硬碟啟動。等桌面出現後，我立刻叫出檔案並輸入名為「MIKURU」的密碼。真不愧是從電腦研究社搶來的新機種電腦，處理速度還真是驚人。不一會兒，朝比奈的女侍圖檔就都出現在畫面上了。

確認朝比奈正在專心泡茶後，我將其中一張照片放大再放大。

那張是朝比奈被春日強逼擺出性感動作的照片，從豐滿的胸部間可見誘人的乳溝，而左邊白皙的隆起上的確有個小黑點。我將那黑點圈選後再放大，畫面雖然有些模糊，不過仍看得出那確實是星形的黑痣。

「原來就是這個啊。」

「發現了什麼嗎？」

在朝比奈把杯子放在桌上前，我已經迅速地將畫面關掉。我在這方面，算是非常細心。當朝比奈從旁觀看螢幕時，自然是什麼也沒有。

「咦，這是什麼啊？這個ＭＩＫＵＲＵ的文件夾裝了什麼東西？」

糟了，太大意了！

「為什麼用我的名字命名呢？裡面到底裝了什麼啊？讓我看，讓我看嘛！」

「唉呀，裡面就是那個……什麼呢？到底是什麼呢？應該沒裝什麼東西吧。沒錯，一定是這樣的，什麼都沒有。」

「騙人！」

朝比奈開心地笑著伸出手，並從我身後靠過來想搶走我右手中的滑鼠。不讓妳得逞！我手緊抓著滑鼠。朝比奈柔軟的身軀壓在我背上，頭從我肩膀處探過來，那甜美的氣息輕噴著我的臉頰。

「朝比奈，妳稍微讓開點……」

「讓我看啦！」

左手搭著我的肩膀，右手則追著滑鼠跑的朝比奈，上半身全壓在我背上，讓我感覺越來越不妙。

銀鈴般的笑聲輕輕打進我耳朵，讓我不禁因為太過舒服而放開滑鼠，就在此時——

「你們兩個在幹嘛啊？」

攝氏負273度的冰冷聲音讓我跟朝比奈當場凍僵。背著書包穿著運動服的春日，臉上的表情就如同目睹自己的老爸在襲擊無知少女般可怕。

下一秒，愣了片刻的朝比奈開始有了動作。她笨拙地離開我的背部，慢慢後退，最後像快沒電的ＡＳＩＭＯ機器人似地一屁股坐在椅子上。臉色蒼白的她幾乎快哭出來了。

春日哼了一下，接著踏著巨大的腳步聲走到桌子旁俯視我。

「怎麼，對女侍服有興趣啊？」

「妳在胡說什麼啊！」

「我們要換衣服。」

隨便妳啦！我悠閒地喝著朝比奈替我泡的茶。

「不是告訴你我們要換衣服了嗎？」

那又怎樣啦？

「給我滾出去！」

幾乎是被踢出門的我摔在走廊上，而教室門就在我面前被重重地關上。

「什麼東西嘛！」

害我連放杯子的時間都沒有。我用手指搓了搓被茶色液體弄濕的襯衫，然後背靠著門板。

奇怪，好像哪裡怪怪的。有什麼地方跟平常不太一樣。

「啊，對了！」

之前常常在教室公然換衣服的春日，今天竟然會把我給轟出教室。

看來，她的心境已經產生變化了。莫非她也到了會覺得害羞的年紀？因為五班的男生一到體育課就如脫兔般衝出教室，所以根本沒有發現她變了。對了，讓五班的男生養成這種習慣的朝倉也已經不在了。

在門外坐了一陣子，室內窸窸窣窣的聲音全都停止，卻仍然沒聽到叫我進去的聲音。無奈的我也只能抱著膝蓋繼續等候，就這樣過了十分鐘。

「請進……」

門內傳來朝比奈細小的聲音。當幾可亂真的女侍朝比奈替我開門後，越過她的肩膀我看到了雙手撐在桌上，一臉無趣的春日那雙白皙修長的腿。她頭上戴著長長的兔子耳朵，身上穿著那套令人懷念的兔女郎衣服。或許是因為麻煩的關係，她並沒有戴上袖套跟領子，就連網襪也沒穿上。

「雖然手跟肩膀的地方覺得有點冷，不過這件衣服其實很不透氣。」

春日說完後，便端起茶杯享受似地喝著茶。而長門則繼續看著她的書。

同時被女侍和兔女郎包圍的我，實在不知道作何反應。如果帶這兩個女生去拉客，應該能賺一筆吧！當我這樣想時——

「哇啊，這是什麼啊？」

笑臉迎人的古泉突然發出一陣怪聲。

「莫非今天有化妝舞會？抱歉，我完全沒有準備。」

別胡說八道了，小心把事情搞得更複雜！

「實玖瑠，妳坐這邊。」

春日指了指她面前的椅子。朝比奈明顯露出害怕的表情，背對著可怕的春日，乖乖在椅子上坐了下來。原以為春日要幹嘛，沒想到她卻動手在朝比奈栗子色的捲髮上編起辮子。

乍看之下，任誰都會以為是姊姊正在替妹妹整理頭髮。但由於朝比奈的表情實在僵硬，而春日也面無表情，所以使得原本應該充滿溫馨的甜美畫面變得有點怪。看來，春日只是單純替朝比奈女侍編辮子而已。

望著臉上掛著淺笑一直注視著這畫面的古泉，我忍不住出聲問道。

「要玩黑白棋嗎？」

「好啊，好久沒玩了。」

就在我們進行黑白爭霸戰的同時（沒想到會變成光球的古泉，棋藝竟然出奇的爛），春日幫朝比奈綁了辮子，然後又鬆開，接著又綁了兩隻馬尾、梳包頭……（每次只要春日碰到朝比奈，她都會全身微微顫抖），而長門依然連頭也沒抬地沈浸在書本中。

我越來越搞不懂這是個什麼樣的集會了！

沒錯，那天我們就這樣平靜地進行ＳＯＳ團的活動。這裡跟異空間的外星人、來自未來的訪客、藍色的巨人和紅色的光球完全無關。沒什麼特別想要做的事、也不知道該做什麼，只是任憑自己悠游在時間的洪流裡，過著無憂無慮的高中生活。一切是那麼地理所當然，而且平凡無奇。

儘管會對平凡的生活感到不滿，但總會對自己說「幹嘛想那麼多，反正時間還多得很」，然後一次又一次悠然地迎接明天的到來。

就算如此，我還是非常地開心。毫無目的地來到這個社團教室，看著宛如女僕般忙進忙出的朝比奈；看著有如佛像般動也不動的長門；看著臉上總掛著燦爛笑容的古泉；看著情緒老在最高和最低點擺盪的春日。這一切都瀰漫著超自然的氣息，是讓我感到異常滿足感的高中校園生活的一部分。雖然歷經被班上同學追殺、看過出沒在灰色地帶的兇暴怪物等在現實生活中根本不會發生的事，卻很難斷言那些不是我的幻覺、催眠術，或是白日夢。

雖對我對涼宮春日硬把我拉進社團的事情感到惱火，但就各種層面來看，能跟這群有趣的人融洽相處的也只有我一人。暫且將為什麼只有我的這個疑問擱置一旁，說不定日後也會有除了我以外的人類加入。

沒錯，這陣子我一直在思考這個問題。

任誰都曾想過這個問題吧？

但還是有人根本沒想過。

沒錯，那個人就是涼宮春日。

晚上，吃過晚飯、洗過澡、預習過明天的英翻日課程後，看了一下時間，發現該睡覺了。於是，我躺在床上，翻開長門硬塞給我的厚重精裝書。想說偶爾讀點書也不錯，於是隨意翻閱起來，沒想到卻因內容意外的有趣而一頁接著一頁看下去。書果然是要讀了以後，才能了解箇中樂趣。閱讀還真是不錯呢！

不過這麼厚重的書要一個晚上看完實在不可能，所以我在看完其中一名主角長長的獨白後便放下了書，睡魔也在此時造訪了我的眼皮。將寫有長門字跡的書籤夾在書裡闔上後，我關掉了電燈，鑽進被窩。不到幾分鐘，我便進入了夢鄉。

對了，大家知道人類為什麼會作夢嗎？睡眠分為眼快動睡眠和非眼快動睡眠，並週期性地重複，大多數的人在數個小時的深沈睡眠後，非眼快動睡眠就會到來，此時腦部的活動呈現休止狀態。而身體雖處於睡眠狀態，但腦部卻輕微地活動則稱為眼快動睡眠，此時我們就會作夢。到了清晨，眼快動睡眠的比例增多，也就是說幾乎所有人都會一直作夢直到醒來。雖然我每天都會作夢，但因每天都睡到快來不及時才起床，醒來後就匆忙地準備上學，所以都會馬上忘記自己到底做過什麼夢。然而，有時候我也會突然想起好幾年前做過卻忘記的夢境，人類的記憶結構就是這麼不可思議。

好了，閒談結束。其實，我對那種事根本不在乎。

突然感覺有人在拍我的臉頰。煩死了！我很睏耶！別來擾我清夢！

「……阿虛。」

鬧鐘明明還沒響，就算響我也會立刻把它按掉。而且距離媽媽派妹妹來把我拖出被窩，應該還有點時間才對。

「起來了啦。」

不要！我還想睡。沒時間作些奇怪的夢。

「叫你起床，你是沒聽到啊？」

環在脖子上的手拚命搖晃著我，而當我的後腦杓撞到堅硬的地面時，我終於睜開了眼睛。

堅硬的地面？

我驚訝地支起上半身。原本俯視我的春日，急忙將頭別開以免互撞。

「你終於起來啦？」

跪坐在我身邊的是穿著水手服的春日，她白皙的臉龐透露著濃濃的不安。

「你知道這裡是哪裡嗎？」

知道，是學校，我們就讀的縣立北高，我們目前的所在位置是從校門口到換鞋室的石階上。四周沒有半盞燈，夜裡的校舍化為一團灰影佇立在我們面前——

不，不對。

頭頂上並不是夜晚的天空。

只是一片廣闊的暗灰色平面。綻放單色燐光的天空，沒有月亮、星星，也不見一片雲朵，是一片有如牆壁的灰色天空。

世界被寂靜和昏暗徹底支配。

這是個閉鎖空間。

我緩緩地站起身。赫然發現身上穿的並不是睡衣，而是學校制服。

「我一醒來就在這裡了，後來發現你也在身邊。這到底是怎麼回事？為什麼我們會在學校裡？」

春日難得用細柔的聲音問道。我沒有立刻回答她，只是伸手到處摸索。從掐捏手背的感覺及制服的觸感發現，根本不像是作夢。我拔下兩根自己的頭髮，發現還真的會痛。

「春日，這裡只有我們倆嗎？」

「沒錯。我應該是躺在被窩裡睡覺的，為何會出現在這裡？而且天空也好怪……」

「妳沒看到古泉嗎？」

「沒有。……為何問起他？」

「沒有，我只是隨口問問而已。」

如果這真是的次元斷層還是因外力所造成的閉鎖空間，那應該會出現發光的巨人和古泉才對啊。

「總之，我們先離開學校吧！說不定會遇到其他人。」

「你怎麼好像都不緊張的樣子？」

我當然緊張，尤其是看到妳也在這裡。這裡不是妳所創造的巨人嬉鬧的地方嗎？還是感覺異常敏銳的我所作的一場夢？在無人的校園裡和春日獨處……，如果佛洛伊德博士也在場，應該會替我進行一場分析吧！

當我和春日保持適當距離打算一同步出校門時，卻被一道無形的牆壁擋了下來。我還依稀記得這種有彈性的觸感，只要稍一用力就能插進軟牆內，不過立刻會被另一層堅硬的牆壁阻礙。看來一道透明的堅壁此刻正橫亙在校門外。

「……這是什麼？」

春日一邊伸出雙手用力推著這面無形的牆，一邊瞪大雙眼地問道。我沿著操場一面走，一面確認。

看來，我們是被關在學校裡了。

「好像無法走出學校。」

感覺不到風吹，似乎連大氣的流動也停止了。

「去後門看看吧？」

「對了，沒辦法跟誰先聯絡嗎？看有沒有電話，因為我沒帶手機。」

如果這裡是古泉曾跟我說明過的閉鎖空間，那麼就算找到電話也沒用。儘管如此，我們還是決定先進學校看看。教師辦公室裡應該會有電話才對。

沒有燈光的昏暗校園極為詭異。我們穿著鞋子經過鞋櫃，無聲地在校內走著。途中，按下一樓教室的電燈開關，日光燈瞬間亮起。儘管只是冰冷的人工亮光，卻已讓我跟春日鬆了一口氣。

接著，我們先走向值班室，確認沒有人後，才前往教師辦公室。辦公室的門自然是鎖上的，所以我便從消防栓箱裡取出了滅火器，打破窗戶闖進室內。

「……好像不通耶。」

春日把話筒放在耳邊，卻聽不見任何聲音。試著按了按鍵，依舊沒反應。

離開教職員辦公室的我們一一打開沿途教室的電燈，然後往樓上走，因為春日主張回到教室。我們一年五班的教室在校舍的最頂層，從那裡往樓下俯瞰，說不定能知道周圍到底發生了什麼事。

在校內行走的期間，春日一直拉著我的制服外套。妳可別指望我，我可是沒半點超能力的。如果真的害怕，就用力摟緊我的手臂啊！那樣還比較有氣氛呢！

「笨蛋！」

春日瞪了我一眼，不過手指依舊沒離開我的衣服。

一年五班的教室毫無變化，就跟我們放學離開時一樣。

「……阿虛，你看……」

走到窗邊的春日說完這句話後，便不發一語地望著外面。於是我也走到她身邊，俯瞰樓下的情況。

眼底下淨是遼闊的深灰色世界，從蓋在山腰上的校舍四樓往下俯瞰，甚至可以看見遠方的海岸線。在視野所及的一百八十度廣大範圍裡，竟然盡是一片黑暗，連盞燈都沒亮，簡直就像世界末日。

「這裡究竟是什麼地方……」

其實並不是所有人類都消失了，相反的，消失的是我們兩個。看樣子，我們是誤闖這個無人世界了。

「感覺好詭異啊。」

春日抱著自己的肩膀喃喃自語道。

因為不知該往哪兒去，我們只好來到傍晚才去過的社團教室。我早已經從教職員辦公室裡偷來鑰匙，所以進得去。

在日光燈下回到熟悉地盤的安心感，讓我們兩個鬆了一口氣。

打開收音機，卻連一點雜音也沒有，安靜到極點的社團教室裡，只有我將熱茶倒進茶杯裡的聲音。因為我沒有換茶葉的興致，便直接用泡了好幾次、早就沒味道的茶葉泡茶。一旁的春日則發著呆望著外面灰濛濛的世界。

「要喝嗎？」

「不要。」

我端著茶杯，拉了張椅子坐了下來，試著喝了一口。唉，朝比奈泡的茶要比這個還好喝幾百倍。

「這到底是怎麼回事！我完全搞不懂！這裡是什麼地方？我為什麼會在這裡？」

春日站在窗邊，臉朝窗外說。她的背影看起來好瘦弱。

「而且，為何是跟你在一起？」

我怎麼會知道？春日轉身並撥了撥頭髮，一臉怒氣地望著我。

「我去外面查一下。」說完後，她便準備走出教室。當我也打算站起身時——

「你留在這裡，我馬上回來。」

丟下這句話後，她便迅速走了出去。嗯，果然有春日的風格！我聽著春日精力旺盛的腳步聲逐漸遠去，一面喝著毫無味道的熱茶時，那東西終於出現了。

那是一個紅色的小光球。起初只像乒乓球那麼大，慢慢地光球的輪廓逐漸變大，接著有如螢火蟲般開始閃爍，最後化做人形。

「是古泉嗎？」

眼前只有發光的人形，卻不見古泉清晰的形體，看不到他的眼睛、鼻子、嘴巴。

「你好。」

一派輕鬆的嗓音從紅色的發光體中傳出。

「你好慢喔！我以為你會以人的型態出現……」

「事情很複雜，很難一下子跟你解釋清楚。老實告訴你好了，這是個異常事件！」

紅光搖晃了起來。

「如果是普通的閉鎖空間，我可以輕易地侵入，但這次卻不一樣，我必須以這種不完全型態，而且還得靠同伴的幫忙才能進來，而這樣的狀態也無法維持太久。我們的能力現在正一點一滴地消失。」

「到底是怎麼回事？這裡只有我跟春日而已嗎？」

沒錯。古泉說道。

「也就是說，我們害怕的事情終於發生了。涼宮同學已經厭倦了現實世界，決定創造一個新的世界。」

「……」

「我們的上級已經陷入恐慌。沒有人知道失去神的現實世界會變成什麼樣子。雖說只要涼宮同學大發慈悲，現實世界就能繼續存在，但也有可能在下一瞬間悉數化為烏有。」

「你在說什麼啊……」

「講白一點就是，」

紅色的光有如火焰般搖晃。

「你跟涼宮同學已經從現實世界完全消失。而這個世界並非單純的閉鎖空間，而是涼宮同學所建構的新時空。之前的閉鎖空間，有可能只是她在創造新世界前的預習而已。」

這玩笑的確有趣，但我卻不知該怎麼笑。哈哈哈。

「我不是在開玩笑。這個世界應該是最接近涼宮同學渴望的世界。雖然我們還不清楚她到底想要的是什麼樣的世界，不過應該快要有答案了。」

「先不管那個了，問題是我為何會在這裡。」

「你真的不知道嗎？你是涼宮同學挑中的人。你是涼宮同學在現實世界上唯一想在一起的人。我還以為你早就發現了。」

古泉身上的光就像快沒電池的手電筒一樣，亮度明顯減弱。

「我的極限快到了。再這樣下去，可能會沒機會再見到你，不過說真的，這樣反而讓我鬆了口氣。因為我再也不用去追捕那個《神人》了。」

「我非得跟春日兩人生活在這個灰色的世界裡嗎？」

「在這裡，你們就像亞當跟夏娃一樣，只要努力增產報國就好了。」

「……小心我揍你。」

「開個玩笑嘛！目前這種閉鎖狀態可能只是暫時的，不久就會變成平日熟悉的那個世界。不過，到時這邊的情況跟現實世界就會完全不同了。目前，這裡算是真實的世界，而原本的現實世界則算是閉鎖空間。不過兩者到底有何不同，很遺憾我們無從得知。如果有朝一日我有幸在現實世界出生的話，還要請你多多指教了。」

此刻，古泉這個人形發光體逐漸崩解，然後有如燃燒殆盡的恆星般，收縮成原先的乒乓球大小。

「我們無法回到原來的世界嗎？」

「只要涼宮同學希望，或許有可能。跟你們相處的時間不長，真的覺得很遺憾，不過SOS團的活動真的很有趣。……啊，對了，差點忘了把朝比奈實玖瑠跟長門有希要我轉達的話告訴你。」

在古泉完全消失前，留下了這一段話。

「朝比奈實玖瑠要我代她向你道歉，她說『對不起，都是我的錯』。而長門有希叫你『記得打開電腦』。」

語畢，他便像被吹熄的蠟燭般消失了。

我不明白朝比奈為何要向我道歉。朝比奈做過了什麼對不起我的事嗎？但我決定先不思考這個問題，反倒是遵照長門的交代按下了電腦開關。當硬碟發出嗶的一聲後，畫面上應該出現操作系統的商標……奇怪，怎麼沒有？原本需要數秒才會出現的操作系統影像竟然沒有出現，整個畫面一片漆黑，只有左上角一個白色游標不停閃爍著。接著，游標開始無聲地移動，出現了一排冰冷的文字。

YUKI.N〉看得到嗎？

發了一會兒呆後，我把鍵盤拉到面前，開始打字。

『可以。』

YUKI.N〉我跟你那邊的世界還沒完全斷絕聯絡。不過，這只是遲早的問題，應該馬上就會斷訊。如果真是那樣，這就是我們最後的對話。

『我該怎麼辦才好？』

YUKI.N〉我也不知道。這邊的世界異常資訊噴出的情況已完全消失。資訊統合思念體感到非常失望，這樣他們就失去進化的可能性了。

『妳說的進化可能性到底是什麼？春日到底是哪裡在進化？』

YUKI.N〉所謂的高層次知性是指資訊處理的速度和正確性。有機生命體所具備的知性，會因肉體受到的錯誤和雜波資訊過多，而影響處理的速度與正確性。因此，有機生命體進化到某種程度後，就會停止進化。

『如果沒有肉體，也能進化嗎？』

YUKI.N〉資訊統合思念體最初也是由資訊構成的。他們原先也以為自己的資訊處理能力在宇宙熱死前，可以無限的上升。但他們錯了。就像宇宙有盡頭一樣，他們的進化也是有極限的，至少得依資訊生存的意識體是這樣沒錯。

『那涼宮呢？』

YUKI.N〉涼宮春日擁有從無中產生出大量資訊的能力。那是資訊統合思念體所沒有的能力。她能釋放出區區一個有機生命體的人類，一生都無法處理完的資訊。資訊統合思念體認為只要能解析這種資訊創造能力，或許就能找到關於自律進化的蛛絲馬跡。

游標不停地閃著。或許長門是在猶豫該用什麼字眼來說明吧！下一秒，文字又如流水般的出現。

YUKI.N〉我把一切寄託在你身上。

『寄託什麼啊？』

YUKI.N〉我希望你們能再回到這個世界。涼宮春日是個重要的觀察對象，是個很可能再也不會出現在宇宙裡的貴重寶物。此外，我本身也希望你能回到這個世界。

文字顏色越來越淡，電力越來越弱。游標緩緩地打出文字。

YUKI.N〉下次再一起去圖書館。

畫面逐漸黯淡下來，就算我伸手調節螢幕的亮度也沒用。最後，長門打出短短的幾個字。

YUKI.N〉sleeping beauty

喀喀喀，硬碟運轉的聲音嚇得我差點跳起來。存取燈閃爍了一下，畫面上出現了熟悉的操作系統商標。電腦的散熱風扇嗡嗡作響的聲音，就是這個世界所有的聲音。

「我該怎麼做啊?長門，古泉!」

我重重地嘆了一口氣，不自覺地望向窗邊。

藍色的光從窗外透了進來。

一個發光的巨人此刻正站在中庭裡。因為距離太近的關係，看起來就像一堵藍色的牆壁。

春日衝進了教室裡。

「阿虛！有東西出現了！」

春日眼看就要撞上站在窗邊的我，急忙停下腳步，站在我身邊。

「那是什麼？好大哦！是怪物嗎？看起來不像是幻影耶。」

春日的口氣聽起來很興奮，之前沮喪的表情早已不見蹤影。現在，她的眼睛閃閃發光，眼裡沒有絲毫恐懼。

「那說不定是外星人耶！要不然就是直到現在才甦醒的古代人所開發的超級兵器。我們沒辦法走出學校，莫非是它的關係？」

藍色的牆壁動了動。巨人蹂躪著高樓的情景在我腦中閃過，我急忙抓起春日的手衝出社團教室。

「等等！等一下，你在幹嘛啦？」

當我們幾乎以快跌倒的姿勢衝到走廊上時，轟隆的巨響震動著空氣，我急忙將春日壓倒在地上，並用身體掩護她。社團大樓劇烈搖晃。堅硬鈍重的物體用力撞擊地面的衝擊與聲響，傳進我耳裡。由此可知巨人的攻擊目標並不是社團教室，有可能是對面的校舍。

我抓著因過度驚嚇，嘴巴如金魚般一張一闔的春日，開始奔跑起來。沒想到春日竟意外聽話地跟著我跑。

我的掌心滿是汗水，春日也是。

古老的社團大樓裡竟然一點灰塵也沒有。我使出全力拉著春日往樓梯的方向跑，耳邊傳來巨人第二次破壞的聲音。

我邊感覺著春日掌心傳來的體溫邊衝下樓，在橫越中庭後，再從斜坡往操場的方向跑。此時我用眼角的餘光瞄了一下春日，不知道是不是我的錯覺，竟發現她看起來挺開心的。簡直就像聖誕節早上醒來，發現枕邊擺了夢寐以求的禮物的小孩子一樣。

跑離校舍一段距離後，轉頭往上一看，才發現巨人有多龐大。之前古泉帶我去的閉鎖空間裡頭的藍色巨人也差不多像高樓那麼高大。

巨人大手一揮，便將校舍擊潰。因他最初一擊而縱向裂開的簡陋四層樓校舍，就這麼輕易倒塌了。碎片伴隨著震耳欲聾的噪音，朝四面八方飛散。

我們狂奔至兩百公尺跑道的正中央才停下腳步。昏暗單調的校園內，竟令人難以相信地出現了藍色的巨人！

如果真要拍照，就該拍這種景象，而不是拍電腦研究社的社長抓住朝比奈胸部的樣子，更不是拍朝比奈扮裝的模樣。網頁上張貼的應該是眼前這驚人的景象才對！

當我想著這些事時，春日迅速地在我耳邊說：

「你認為他會襲擊我們嗎？可是我卻不覺得他是邪惡的東西耶，你覺得呢？」

「不知道。」

回答春日的同時我一直在想，當初將我帶進閉鎖空間的古泉曾說過，若放任《神人》的破壞行為不管，在被破壞殆盡後，閉鎖空間就會取代現實世界。也就是說這個灰色的世界會取代先前的現實世界，然後……。

到底會變成什麼樣子呢？

根據剛剛古泉的說法，目前春日似乎正在創造一個新的世界。到時候那個新世界裡會有我熟知的朝比奈跟長門嗎？還是說那會是個眼前的《神人》自由地散步，外星人、未來人、超能力者隨處可見，充滿異常風景的異樣世界？

如果世界真的變成那樣，到時候我又是扮演什麼角色？

唉，算了，想這麼多也沒用，因為我根本就搞不懂。我根本不了解春日在想什麼，也沒有讀取他人想法的超能力，我沒有任何特殊能力。

此時，耳邊傳來春日開朗的聲音。

「這到底是怎麼回事？不論是這個世界還是那個巨人，都好奇怪喔！」

那可是妳創造出來的東西啊，小姐！我才想問妳咧，為何把我捲入這個事件！什麼亞當跟夏娃啊？真是愚蠢至極！這麼爛的故事我絕不承認！絕對不承認！

「妳不想回到原來的世界嗎？」

我語調平淡地問。

「你說什麼？」

春日用那張即使處在灰色的世界裡也依舊白皙的臉轉向我，一對原本閃耀著光芒的眼睛，頓時蒙上一層陰影。

「總不能一輩子都待在這裡吧！這裡連一家商店都沒有，肚子餓也沒地方吃飯。而且，學校還被無形的牆壁包圍，我們根本無法離開這裡。這樣一定會餓死的。」

「嗯，雖然很不可思議，但我卻一點都不在乎，總覺得船到橋頭自然直。但不知怎麼的，我現在就是覺得很開心。」

「那ＳＯＳ團怎麼辦？那是妳創立的社團耶！妳打算不管了嗎？」

「我已經不在乎了。因為我已經親身體驗到有趣的事，已經沒必要尋找不可思議事件了。」

「可是，我想回到原來的世界。」

巨人暫停支解校舍的動作。

「直到處在這種奇妙的狀態裡，我才發現自己就是喜歡原本的生活。那裡有我喜歡的笨蛋谷口、國木田、古泉、長門還有朝比奈，甚至包括已經消失的朝倉。」

「……你在說什麼啊？」

「我想再見到那些好朋友，我還有好多話想跟他們說。」

春日低下頭，過了一會兒又繼續說：

「一定見得到的。這個世界也不可能永遠被黑暗包圍，一到明天，太陽一定會升起的。這點我很清楚。」

「不是那樣的。這個世界並不是妳想的那樣。我真的很想再見到原本那個世界的朋友們。」

「我不懂你在說什麼。」

春日嘟起嘴望著我，就像珍貴的禮物被搶走的小孩般，露出混和了憤怒和悲傷的微妙表情。

「你不是也對那個無聊的世界感到厭倦了嗎？那是個沒什麼特別、平凡到極點的世界耶，你難道不想體驗更有趣的事物嗎？」

「我之前的確是那麼想的。」

巨人開始走動，他踢倒尚未坍倒的校舍殘骸往學校的中庭前進。途中，給了校舍走廊一記手刀，再使勁地揍了社團大樓一拳。學校正逐漸被夷為平地，還有我們的社團教室。

越過春日的頭望去，赫然發現其他方位也聳立著散發藍光的牆壁。一個、兩個、三個……當我算到第五個時，就決定放棄了。

藍光巨人沒有了紅色光球的阻礙，便肆無忌憚地破壞起這片灰色的世界。我實在不曉得這麼做哪裡有趣？每當他們揮動手腳，這空間裡的東西就像被掃掉一樣在一瞬間消失。

片刻後，校舍只剩下不到一半了。

我感覺不出閉鎖空間到底有沒有變大，也不清楚這個空間擴大後，會不會成就另一個現實空間。此刻，我腦中充滿了許多不確定。如果是這時的我，就算坐電車時旁邊的醉漢跟我說「我跟你說，你不要跟別人說喔！其實我是外星人。」我也會相信。因為我的不可思議事件經驗值，已經比一個月前足足高了三倍之多。

我到底能做什麼事？一個月前的我或許什麼都做不到，不過現在的我應該可以。因為我已經得到好幾個提示了。

下定決心後，我說出了以下的話：

「春日，這幾天我遇到很多非常有趣的事。雖然妳都不知情，不過其實有各式各樣的人都很在乎妳。甚至說世界以妳為中心轉動也不為過。大家都認為妳是個非常特別的人，並將這個想法付諸為行動。儘管妳不覺得，不過這個世界確實朝著非常有趣的方向發展。」

我抓住春日的肩膀後，才發現我一直握著她的手。而春日則以一副「你是吃了什麼怪東西」的表情望著我。

然後，她把視線從我身上移開，以一副理所當然的表情望著瘋狂破壞校舍的藍色巨人。

望著她那線條柔和的年輕側臉，想起長門口中的「進化的可能性」、朝比奈提過的「時間的歪曲」，以及竟然把春日當作「神」的古泉。不過對我來說，春日又是什麼呢？我是如何看待涼宮春日這個人的？

春日就是春日，有什麼好說的！我並不想這麼輕易就混過去。可是，我又沒有什麼決定性的答案。早料到會這樣，不是嗎？如果你指著教室後面的班上同學問我「她對你而言代表什麼？」你覺得我該怎麼回答？……這，抱歉。這又是在敷衍！對我來說，春日不只是普通的同班同學而已。當然也不是那些「進化的可能性」、「時間的歪曲」還是什麼「神」的。

巨人轉過身朝操場方向走來。他明明沒有臉也沒有眼睛，但我卻確確實實地感覺到他的視線。他往我們這邊跨近了一步。他走一步鐵定有好幾公尺，否則明明走那麼慢，我們之間的距離不可能那麼急速就拉近。

我想到了！朝比奈不是說過什麼嗎？就是那個預言啊！還有長門最後傳給我的訊息。白雪公主跟睡美人。拜託，好歹我也知道sleeping beauty的意思好嗎！這兩者的共通點到底是什麼？再配合我們目前所處的窘境，答案根本是呼之欲出。哇啊，感覺好遜喔。實在太遜了啦！朝比奈、長門。我絕對不承認這樣的故事發展！絕不！

我的理性這樣主張著。但人類並非只靠理性生存的生物，或許還需加上一些長門口中的「雜波」才行。我放開春日的手，抓住她的肩膀轉向我。

「幹嘛啦……」

「說真的，我很喜歡妳綁馬尾的樣子。」

「什麼？」

「不知從什麼時候起，妳綁馬尾的樣子已深深印在我心裡，我真的覺得那非常適合妳。」

「你在耍什麼白癡啊？」

黑色的眼珠裡閃過一抹對我的抗拒。我不顧口出抗議的春日，強行吻上她的嘴。這時要閉上眼睛才有禮貌，所以我便乖乖閉上了。因此，我並不曉得春日是什麼樣的表情。是驚訝地雙眼圓睜？還是配合我閉上眼睛呢？抑或是此刻正打算揚起手扁我？不過，就算被扁也無所謂，反正我就是賭下去了。任何人只要對春日做了這種事，心情一定會跟我一樣。我摟住她肩膀的手微微使力，暫時不想放開她。

耳邊仍聽得到遠方的轟然巨響，看來巨人還繼續在破壞校舍。才這麼想，我就突然失去支撐地往下墜，然後反轉，最後強烈的衝擊往左半身襲來，不管怎麼樣都無法保持平衡。下一秒，我突然撐起身子並張開眼睛，當我看到頭頂那片熟悉的天花板時，不禁愣住了。

這是我的房間，轉過頭後才發現我竟然從床上掉到地板上。身上穿的當然是一整套的睡衣。凌亂的棉被有一半從床上垂落到地面，而我則手背在身後，有如笨蛋似地半張著嘴。

我花了好一段時間才恢復思考能力。

處於半夢半醒狀況下的我緩緩站起來，打開窗簾望向窗外，看到幾顆散發朦朧光芒的星星，以及照射街道的路燈。然後確認從別人房子裡透出來的稀稀落落燈光，接著在房間中央呈

圓形踱步。

是夢嗎？一切都是我在作夢吧？

我做了一個和認識的女孩子一起被捲入奇異的世界，最後親吻她的夢！一個超級容易理解，相信大師弗洛伊德一定會大笑出聲的夢？

呃，我真想立刻上吊自殺！

或許我該感謝日本是個會管制槍械的國家，否則只要手邊有把全自動的手槍，我一定會毫不猶豫舉起來往自己的頭射去。如果是朝比奈的話，或許我還能針對夢境對自己進行一番精闢的人格分析，但好死不死，竟然是夢到跟春日接吻。我的潛意識到在想什麼碗糕啊？

我無力地坐在地上，抱頭沉思。如果這真的是一場夢，為什麼我卻有種前所未有的真實感？那汗濕的右手和殘留在嘴唇上的溫熱觸感……

……這麼說，這裡已經不是原本的那個世界囉？這已經是春日創造的新世界？我有辦法去辨認嗎？

沒有，我怎麼想都想不到。應該說，我根本不想去思考這個問題。如果我承認之前的一切只是大腦脫序才讓我作了那樣的夢，我倒寧願認為這世界已經被毀滅了。反正，這一刻我就是想跟人唱反調！

拿起鬧鐘看了下時間，凌晨兩點十三分。

……還是睡吧。

我將棉被拉高蓋過頭，向早已清醒的腦袋渴求一個深沉的睡眠。

根本睡不著。

所以我現在才會虛弱到幾乎要用爬的走上坡道。老實說，真的好痛苦。幸虧這次沒有半路遇到谷口，被迫聽他講些有的沒的，算是不幸中的大幸了。拚命釋放熱能的豔陽，球體內部按例不停地進行核融合。拜託拜託，太陽公公，你要不要稍微休息一下啊？我都快熱死了！

希望它降臨時卻怎樣都不賞臉的睡魔，此刻正在我的頭頂盤旋。這樣下去，真懷疑我第一堂課能清醒多久？

看到校舍時，我不禁停下腳步，眷戀地望著老舊的四層樓建築。滿身大汗的學生們個個猶如歸巢的螞蟻，不停朝走廊、社團教室走去。

我拖著腳步搖搖晃晃地走上樓梯，然後往熟悉的一年五班教室走去，接著在離窗戶三步遠的地方停了下來。

我看見正坐在窗邊最後一個位子上的春日的後腦杓。該怎麼說呢？她就像平常那樣用手托著臉頰，木然地看向窗外。

從她的背後，可以看到她綁在腦後的頭髮如睫毛般翹在肩膀上。現在這種長度要綁馬尾是不太可能的，所以她應該只是隨意綁一下而已吧？

「唷，今天還好吧？」

我將書包放在桌子上。

「才不好咧！昨天晚上作了一場惡夢。」

春日口氣平淡地說。喂喂，妳昨晚可是確確實實經歷了一件奇妙的事件耶！

「所以我整晚都沒睡。本來今天想請假的，不過那樣出席日數會不夠。」

「這樣啊？」

我在硬梆梆地椅子上坐了下來，然後端詳春日的臉。從耳朵上垂下來的頭髮蓋住她的側臉，讓我無法看清她的表情。嗯，總之她的心情不是很好，至少臉部表情看起來是如此。

「春日。」

「幹嘛？」

我對著依舊望向窗外的春日說：

「妳很適合綁馬尾呢！」

尾聲

稍微來講一下那之後的事。

春日那天中午直接把頭髮鬆開，回復成原來長髮披肩的模樣，八成是厭倦綁頭髮的感覺了。看來只好等到她頭髮留長，再委婉地建議她綁馬尾吧！

當我午休時間去上廁所時，在走廊上遇到了古泉。

「我真的該好好地感謝你呢！」

他爽朗地笑道：

「這個世界絲毫沒有改變，涼宮同學依舊在這裡。而我打工也還要持續好一陣子。你真的做得很好，我可不是在諷刺你喔。不過，這世界也有可能是昨晚才剛形成的！總之，能認識你跟涼宮同學，真是我的榮幸。」

或許能跟你們長期交往下去呢！古泉一面說，一面朝我揮了揮手。

「放學後見囉！」

午休時間到文藝社社團教室一看，果然看見長門一如往常在裡面看書。

「你跟涼宮春日，從這個世界消失了兩小時三十分。」

她一開口就是這句話。接著，又低頭看起自己的書。

「我現在正在看妳借給我的書，大概再一個禮拜就能還妳了。」

「是嗎？」

她仍舊沒抬起頭。

「可以告訴我地球上還有很多像妳這樣的人嗎？」

「很多。」

「這麼說，他們還會像朝倉一樣襲擊我囉？」

「你放心。」

這時長門才抬起頭望著我。

「我不會讓他們那樣做的。」

我決定不提圖書館的事了。

放學後在社團教室裡遇到朝比奈，很難得地她並沒穿女侍服，而是一身制服。當她看到我時，便全力撲向我。

「太好了，還能見到你……」

埋在我胸口的朝比奈嗚咽地說著。

「我以為你再也不能……（嗚嗚）回到這個（嗚嗚）世界來了……」

或許察覺到我正準備抱住她，朝比奈便伸手抵住我的胸口，並將我推開。

「不行，不可以。要是被涼宮同學看到，那可就慘了。所謂一山不容二虎啊！」

「我不懂妳在說什麼。」

望著淚眼汪汪、楚楚可憐的朝比奈，不禁想再重生一次。依我看，全天下的男人沒有一個會不敗倒在這對坦率的眸子中。

「今天怎麼沒穿女侍服？」

「我拿去洗了。」

這時，我突然想到一件事，接著朝自己的心臟指了指。

「對了，朝比奈學姊胸口這裡有個星形的痣喔。」

用手指擦去眼角淚水的朝比奈猶如被散彈槍打中的鴿子一樣震驚，然後緩緩轉過身，拉開領口往胸口看，接著臉頰便迅速泛紅。

「你怎麼知道？就連我也沒發現啊！你什麼時候發現的？」

從脖子紅到臉頰的朝比奈有如小孩子一樣不停用雙手打我。

是更未來的妳告訴我的。我該老實跟朝比奈說嗎？

「你們在幹嘛啊？」

站在門口的春日一臉驚訝地說，拳頭停在半空中的朝比奈臉色一下子刷白。但春日卻像得知繼女已咬了毒蘋果被毒死的後母一樣，露出壞壞的笑容，並舉高拿在手上的紙袋。

「實玖瑠，妳也穿膩女侍服了吧！來，換衣服的時間到了！」

動作如古流武術達人般靈巧的春日，立刻逮住仍愣在原地的朝比奈。

「不，不要啊！」

不停尖叫的朝比奈硬被春日扒下了制服。

「別亂動啦！再怎麼抵抗都是沒用的。這次是護士服，是護士小姐耶！最近好像改稱看護員了？算了，反正都一樣啦！」

「至少把門關起來嘛！」

我雖想留在教室內觀賞，但最後還是走出門外並關上了門。

雖然對朝比奈不好意思，但我的確很期待等一下打開門看到的美景。

啊啊，長門一如往常，坐在角落靜靜地看書。

這次，我終於將堆放在架上好一段時間的ＳＯＳ團設立申請文件繳交給學生會了。若是不賄賂學生會，他們鐵定不會讓「讓世界變得更熱鬧的涼宮春日團」過關，因此我就擅自把名稱改為「支持學生會改造世界的服務團體（同好會）」（簡稱ＳＯＳ團），而活動內容也改成了「學生校園生活的問題諮詢、各種諮詢業務、積極參與地方服務活動」。雖然連我也不清楚字面上的意思，不過只要前後文寫得還可以，應該就能平安過關。到時候再把煩惱諮詢的海報貼在佈告欄上就可以了。我有預感，屆時找我們商量的八成不是什麼有趣的事。

另一方面，春日指揮的市內「不可思議搜查行動」依然積極地展開，今天剛好是值得紀念的第二次行動。依照前例，今天的行程應該也是浪費一整天的假日到處亂晃，不過巧的是朝比奈、長門還有古泉，都因為臨時有重要事情不能來，所以現在我才會獨自在車站的剪票口等待春日。

我不知道他們三個是別有用心，還是真的有急事才沒來，不過本來就不是常人的他們，如果在我不知道的地方遇到某些非得立刻處理的事件，也沒什麼好奇怪的。

看了一下手錶，距離集合時間還有三十分鐘。我站在這裡已經有三十分鐘了，換句話說，我一個小時前就來到了這裡。這樣的行為並不表示我對這次的行動非常期待，只是因為SOS團規定不管有沒有遲到，反正最後一個到的一定要罰錢。更何況，這次參加行動的只有兩個人而已。

抬起頭，發現不遠處有個熟悉的便服身影。她八成沒料到我會這麼早來，所以驚訝地愣在原地片刻，接著便氣憤地朝我走來。她眉頭緊皺，不知是在感嘆這次的出席率這麼低，還是不高興我比她早到。等到了咖啡廳後再問她好了，而且當然是春日請客囉！

到時，我有許多事情想跟她聊聊。像是SOS團今後的活動方針、朝比奈的服裝、不妨跟班上的其他同學聊聊天，還有弗洛依德的夢的解析等等。

可是，也得先有個好的開場白，跟她才能聊得開。

嗯，我已經決定好要說什麼了。沒錯，那當然是從——

外星人、未來人還有超能力者開始說起。

後記

有時不禁會想一個人一生所能寫出來的文章量，是不是是打從呱呱墜地的那一刻就註定了。如果每個人一生只有一定的文字量可寫，那麼越寫數量就會越少。只要一想到這個，我就會無法專心寫作，而分心去計算字數。舉例來說，或許我準備一天寫三百張四百字的稿紙，卻怎樣也無法達成，就是最佳的答案。就算一天預計寫十二萬字的文章，平均每秒打一個字，合計也要三十三個小時才能完成，這我當然無法做到。或許有人能辦到吧！但因為沒有證據，所以我也不清楚。

因為剛才的話題接不下去，就聊聊別的吧！說真的，貓真是一種不錯的動物，因為牠們不但可愛、慵懶，還會喵喵叫。雖然有時也會搞不懂牠們到底想幹嘛而大傷腦筋，我也不想替牠們的行為說好話，只要大家能覺得貓是可愛的，我就很開心了。

再換個話題吧。沒想到這本書竟然有幸獲獎並付梓，真的讓我感到很意外。當我接到告知獲獎的電話時，起初是懷疑自己的耳朵有沒有聽錯，接著懷疑自己的腦袋是否正常，然後再懷疑話筒是不是壞掉，懷疑現實、懷疑地球是否仍在自轉，最後才覺得「這件事好像是真的」，接著不禁抓著貓咪的腳快樂地旋轉，還被咬了好幾下，我一面望著手背上的貓咪咬痕，一面心想「如果人類擁有的好運是註定的，那麼現在的我一定把好運全用光了」。總之，當時的我因精神衝擊過大，造成部分記憶喪失，詳細情形已記不太得了，不過感覺應該發生了很多事情。

相信為了出版這本書而參與編製的所有工作人員，一定比身為作者的我還要辛苦。現在的我實在找不到適當詞彙來形容我內心的感謝。特別是對評選委員，我實在不知道該如何表達內心的感激，目前我仍在思考一個全新的形容詞來表達我的感謝之意，但我想最後可能會是一個沒人聽得懂的自創詞彙。總之，真的非常感謝各位。我真的由衷感謝你們。

現在的我就站在一個全新的起跑點上，或許有可能會隨著槍聲響起跌倒，也不曉得眼前的跑道會通往哪裡，更說不定這是條沒有終點、就連中途休息喝水的時間都沒有的辛苦路程，但我還是希望能努力走完。現在好像不是輕鬆講這種話的時候喔！

最後，要對所有參與編製這本書的人，以及願意閱讀本書的讀者們致上無限的感謝。這次就先寫到這裡了。

谷川　流

解說

本作《涼宮春日的憂鬱》獲得第八屆Sneaker大賞的「大賞」。為了發掘新秀而設立的Sneaker賞，從設立以來已發掘出許多作家。但象徵最高榮譽的「大賞」，至今卻只有兩人獲得，就是第二屆的吉田直，以及第三屆的安井健太郎。誠如各位所知，這兩位作家都發表了膾炙人口的系列作品，也都相當活躍。換句話說，要獲得「大賞」的殊榮，非得和這兩位作家實力相當，或者更勝他們一籌才行，因此評審過程非常嚴格。但現在終於出現了一位自安井健太郎以來，睽違五年才獲獎的超凡作家與作品。那就是谷川流的《涼宮春日的憂鬱》。

每年Sneaker大賞的最終評選會上，都有很多評選委員熱烈地發表自己對作品的意見。雖然每位評選委員皆秉持著「向世人推薦才華洋溢者」的心態來評選作品，不過也不會隨隨便便把大賞頒給不符合評選標準的候選人。在此稍微提一下評選的流程。首先，評選委員會在討論過程中，徹底指出該作品的優缺點，然後各委員再依據這幾個要點評斷該作品的魅力所在，決定該作品是否能得獎。當作品得獎後，編輯會設法將委員們指出的缺點彌平，讓優點更加突出，好凸顯作品跟作者的特色。

這部《涼宮春日的憂鬱》在最終評選會上，獲得所有委員一致認同。作者以涼宮春日這個破天荒人物為故事主軸的點子，以及以第一人稱的敘述方式，讓人興致盎然地一口氣從頭讀到尾的寫作功力，還有登場人物洋溢的魅力，都令在座的每一位編輯讚嘆作品的每一項特色都具得獎實力，於是一致決定把大賞頒給這部作品。

這是一本描寫美少女涼宮春日以勁爆的言行將周圍的人搞得團團轉的校園故事。但故事中段成功地插入了一個連主角涼宮春日本人都不知道的大秘密劇情！到底是什麼秘密，在此不便透露，不過隨著這令人驚異的故事發展，不禁讓人不知不覺沉浸在新鮮有趣的春日世界裡。這也是這部作品最神奇，也最具魅力的地方。還請各位細細品味作品中顛覆現實，及既有觀念所認為的不正常其實才是正常的奇妙感覺。

另外，登場的角色每個都擁有鮮明的個性。任性、自我中心、不聽別人意見的超級女主角涼宮春日，永不放棄追求自己所認為的有趣事物。講好聽一點是積極，講難聽一點是個超麻煩的女生。而被她要得團團轉的旁白阿虛，自始至終本名都沒有出現過，還常常無端被捲進麻煩中。即便如此，仍能跟春日相處的他，老實說也挺厲害的。此外，老是被春日強迫作角色扮演的朝比奈實玖瑠，雖然每次嘴巴都說不要，但說不定其實蠻喜歡角色扮演呢！在雜誌連載期間，作者也嘗試了許多不同的服裝打扮。

隨著這本書的出版，本書作者也開始在雜誌《The Sneaker》裡做短篇連載。短篇是描寫文庫版出版之後的故事，裡面有依舊任性的春日、總是在角色扮演的朝比奈，還有老愛碎碎唸的阿虛等等，大家仍十分活躍。

看了這本《涼宮春日的憂鬱》後，如果您還喜歡的話，還請務必推薦給親朋好友，並請記得欣賞作者在《The Sneaker》雜誌上的連載。作者及編輯部最大的心願，就是能有更多的人看到這個故事。

Sneaker文庫編輯部

Kadokawa Fantastic Novels

涼宮春日的憂鬱

作者／谷川 流　插畫／いとうのいぢ

ISBN986-7427-88-2

第八屆「Sneaker」大賞受賞作。校內第一怪人涼宮春日，組了個「為了讓世界變得更熱鬧的SOS團」，而外星人、未來人與超能力者皆應涼宮的願望出現了？

涼宮春日的嘆息

作者／谷川 流　插畫／いとうのいぢ

ISBN986-7299-20-5

率領SOS團的涼宮春日，這次把歪腦筋動到校慶去了！只要她隨口一句，那些外星人、未來人、超能力者就會吃盡苦頭──暴走度NO.1的校園故事再次展開！

涼宮春日的煩悶

作者／谷川 流　插畫／いとうのいぢ

ISBN986-7299-53-1

一無聊就會發動異常能量的涼宮春日，這次又突發奇想，號召SOS團參加棒球大賽、舉辦七夕許願活動、前往孤島合宿……瘋狂SF校園喜劇第三彈！

涼宮春日的消失

作者／谷川 流　插畫／いとうのいぢ

ISBN986-7189-18-3

聖誕節即將來臨的某一天早上，突然變得不太尋常。教室一如往昔，座位也沒有改變，可是涼宮卻不在我後面的座位上…光怪陸離、超脫現實的校園系列第四集！

涼宮春日的暴走

作者／谷川 流　插畫／いとうのいぢ

ISBN986-7189-80-9

當學生的總希望快樂的暑假永遠不要結束。可是當這樣的願望成真時，竟變成一個永無止境的大災難!?「五」入歧途的阿虛苦難系列安可上演！

涼宮春日的動搖

作者／谷川 流　插畫／いとうのいぢ

ISBN986-174-048-1

一向唯我獨尊的涼宮春日，在校慶當天竟然日行一善當起救火隊來……更意外的是，居然有人向長門告白……日本熱賣三百萬部之涼宮系列，第六彈動感上市！

涼宮春日的陰謀

作者／谷川 流　插畫／いとうのいぢ

ISBN986-174-160-7

從8天後過來的朝比奈學姊突然出現在我面前。而且，指派一無所知的她過來這個時間點的人，竟然是我。未來的我到底有什麼陰謀?劇力萬鈞的第七彈登場！

國家圖書館出版品預行編目資料

涼宮春日的憂鬱／谷川流著；許慧貞譯.
——初版.　——臺北市：臺灣國際角川, 2004
〔民93〕
面；　公分
譯自：涼宮ハルヒの憂鬱
ISBN 986-7427-88-2（平裝）

861.57　　93020487

Kadokawa
Fantastic
Novels

涼宮春日的憂鬱

（原著名：涼宮ハルヒの憂鬱）

2004年12月31日 初版第1刷發行
2023年12月15日 初版第19刷發行

作者：谷川流
插畫：いとうのいぢ
譯者：許慧貞

發行人：台灣角川股份有限公司
總監：呂慧君
總編輯：蔡佩芬
主編：林秀儒
編輯：黎夢萍
設計指導：陳晞叡
美術設計：莊捷寧
印務：李明修（主任）、張加恩（主任）、張凱棋

發行所：台灣角川股份有限公司
地址：104台北市中山區松江路223號3樓
電話：（02）2515-3000
傳真：（02）2515-0033
網址：www.kadokawa.com.tw
劃撥帳戶：台灣角川股份有限公司
劃撥帳號：19487412
法律顧問：有澤法律事務所
製版：巨茂科技印刷有限公司
ISBN：978-986-742-788-5